결국은 문장력이다

* 일러두기

첫째, 일본어 원서 가운데 일부는 우리말 어문 규범에 맞춰 정리했습니다.

둘째, 한글판 특별 부록으로 앤페이지 편집팀에서 정리한 '우리말 맞춤법과 띄어쓰기'를 실었습니다.

결국은 문장력이다

베스트셀러 100권에서 찾아낸

실전 글쓰기 비법 **40**

후지요시 유타카·오가와 마리코 지음
양지영 옮김

베스트셀러 100권에서 찾아낸 실전 글쓰기 비법

글에는 글쓴이의 개성이 강하게 드러난다. 이런 이유로 글쓰기를 전문적 영역 또는 하나의 기술로 보는 사람도 많다. 그런데 개성 넘치는 글들을 살펴보면 '공통된 노하우'가 있다. 일례로 카피라이터, 작가, 저널리스트, 편집자 등이 쓴 '문장 기술 관련 책'에서 "문장의 길이를 줄이면 읽기 편한 글이 된다"라는 내용이 반복되면 그것이 바로 공통된 노하우인 셈이다.

이런 노하우를 찾기 위해 잡지와 온라인 뉴스, 도서 등을 통해 다양한 글을 집필하고 편집해 온 후지요시 유타카와 오가와 마리코가 나섰다. 두 사람은 '직업, 연령, 목적에 관계없이 많은 사람의 문장력 향상에 도움이 되는 책의 구성은 무엇일까?'를 고민했다. '보고서, 의사록, 제안서, 품의서, 프레젠테이션 자료, 보도자료, 경위서 등을 써야 하는 직장인 그리고 입학 시험이나 취직 시험, 논문, 리포트와 같은 글을 써야 하는 수험생과 취준생, 블로그와 SNS에 게시글을 올리고 싶은 일반인 모두가 활용할 수 있는 글쓰기 기술은 어떤 게 있을까?'를 생각했다. 그 결과 '글쓰기 방법'에 대해 기술한 100권의 책에 실린 노하우를 한 권에 정리하게 되었다. 이 책에는 카피라이터, 작가, 저널리스트 등 소위 글쓰기 전문가들이 말하는 '문장 쓰기 비법'이 모두 담겨 있는 셈이다.

글쓰기 방법에 대해 기술한 100권의 책에 실린 노하우를 단 한 권으로 정리하기 위해 다음과 같은 과정을 거쳤다.

첫째, 글 쓰는 방법을 테마로 한 책(문장 독본) 100권을 구입한 후, 베스트셀러와 스테디셀러를 구분했다. 커뮤니케이션 관련 도서도 일부 포함되어 있는데, 글쓰기를 '소통의 수단'으로 본 결과다.

둘째, 위 100권 가운데서 각 저자가 중요하게 여기는 문장 노하우를 찾아 '노하우 목록'을 만들었다. 주어와 서술어 관계에 대해 쓴 책 ○권, 접속어 용법에 대해 쓴 책 ○권, 형용사 사용법에 대해 쓴 책 ○권 식으로 말이다.

셋째, 노하우 목록을 기반으로 순위를 결정했다. 이 같은 순서로 정리된 글쓰기 노하우는 다음과 같다.

100권의 책을 정리하고 깨달은 7가지 글쓰기 규칙

1위	문장은 간결하게 작성한다
2위	매혹적인 글에는 형식이 있다
3위	레이아웃이 글의 분위기를 바꾼다
4위	반드시 고치고 다듬는 과정을 거친다
5위	쉬운 단어를 선택한다
6위	비유와 예시를 적극 활용한다
7위	접속어는 자동차의 '방향지시등'과 같다

단순하지만 강력한 문장 필살기 13

8위	★ 아이디어가 생각날 때마다 메모하고, 노트에 적는다
9위	★ '정확성'은 글쓰기의 기본이다
10위	★ '훌륭한 문장'은 반복해 읽는다
11위	주어와 서술어는 한 쌍이다
12위	★ 사전을 활용해 어휘력을 키운다
13위	쉼표와 마침표를 대충 찍지 않는다
14위	단락은 자주 바꾼다
15위	★ 일단 많이 써 본다
16위	가독성을 떨어뜨리는 수식어는 고친다
17위	머리말은 마지막까지 신경 쓴다
18위	★ 독자를 강하게 의식한다
19위	'은/는'과 '이/가'를 구분해 쓴다
20위	★ 훌륭한 문장을 베끼어 쓰고 모방한다

한번 배워 평생 활용하는 실전 글쓰기 노하우 20

21위	★ 글의 연결고리는 나중에 생각해도 된다
22위	★ 확실한 테마를 정한다
23위	문장의 끝을 통일시킨다
24위	에피소드를 적극 활용한다
25위	★ 구성요소를 먼저 생각한다
26위	단어가 중복되지 않도록 한다
27위	제목은 내용을 안내하는 내비게이션이다
28위	★ 글은 곧 그 사람이다
29위	같은 주어가 반복되면 일단 생략한다
30위	★ 문장 훈련이 곧 사고 훈련이다
31위	★ 테크닉에만 집중하면 흔한 문장을 쓰게 된다
32위	★ 가장 좋아하는 문장을 찾는다
33위	★ '지적 생산술'로 독창성을 높인다
34위	외국어 사용은 최소화한다
35위	공식 문서는 문어체로 작성한다
36위	비즈니스 메일은 간결함이 생명이다
37위	'쓰는 이'와 '읽는 이'의 개념이 같도록 기준을 정한다
38위	★ 재미있는 글을 만든다
39위	논리적 근거를 제시한다
40위	현재진행형 문장은 글에 생동감을 불어넣는다

순위를 이용하는 방법과 이 책의 구성

100권에서 찾아낸 40가지 노하우를 다시 3개의 파트로 나누었는데, 이는 다음과 같다.

첫 번째 파트는 1~7위에 해당하는 것으로, 대부분의 도서에서 중요하다고 말하는 7가지 문장 원칙을 중심으로 구성되어 있다. 이는 논문, 기사, 일기, SNS 게시용 글 등 그 종류와 상관없이 모든 사람에게 필요한 글쓰기의 기본 규칙이기도 하다. 1~7위에서 소개된 문장 원칙만 지켜도 언제, 어디서든 쉽고 정확한 글을 쓸 수 있을 것이다.

두 번째 파트는 8~20위에 해당하는 것으로, 글쓰기 기술을 향상시키거나 글을 풍부하게 만드는 데 도움이 되는 내용이다.

세 번째 파트는 21~40위에 해당하는 것으로, 글쓰기 전문가들도 종종 실패하는 부분과 의견이 분분한 부분에 대한 노하우를 담고 있다. 잘 읽히는 글을 쓰고 싶은 사람은 Part 1부터, 글을 쓰기 전 필요한 준비 자세와 마음가짐에 관심이 있는 사람은 ★표부터 살펴보길 권한다. '문장이란 이름의 세계관'을 넓히는 데 보탬이 될 것이다.

현대인에게 꼭 필요한 능력, 글쓰기

"글쓰기 방법을 공부하고 싶은데, 종류가 너무 많아서 어떤 책을 선택해야 좋을지 모르겠어요." '글쓰기 강좌'를 듣는 수강생들이 종종 하는 말이다. 실제 다양한 분야의 전문가들이 글쓰기 방법을 설명하고 있지만, 실질적으로 도움이 되는 책을 선택하기란 쉽지 않다. 그래서 필요한 게 바로 '글쓰기 전문가들이 중요하게 여기는 내용을 모아서 따로 정리한 책'이다.

무엇을 어떻게 써야 할지 모르겠는가? 전달력이 좋은 글을 쓰고 싶은가? 그렇다면 바로 이 책을 펼쳐라. 이 책에 소개된 규칙만 익혀도 문장력이 크게 향상될 것이다.

글쓰기 능력은 시대와 환경의 변화에 영향을 받지 않는다. 언제, 어디서, 무슨 일을 하든지 간에 도움이 되는 능력이다. 커리어를 변경하거나 관리하는 데 있어 꼭 필요한 역량이기도 하다. 이에 포터블 스킬(portable skill), 즉 이동 가능한 스킬도 함께 배우도록 해놓았다. 포터블 스킬을 익히면 업종과 직종의 울타리를 뛰어넘어 어떤 직장에서도 활용할 수 있을 것이다.

마지막으로 이 책이 정확하고 이해하기 쉬운 글, 읽는 이의 마음을 움직이는 문장을 쓰는 데 도움이 되길 바란다.

주식회사 문도(文道) 후지요시 유타카·오가와 마리코

Part 1
100권의 책을 정리하고 깨달은 7가지 글쓰기 규칙

행갈이는 '5, 6행' '200~250자 내외'가 적당하다
블로그나 SNS에서는 2, 3행을 기준으로 행갈이를 한다

시간을 정해 놓고 매일 쓴다
잘 썼든 못 썼든 스스로를 격려한다

수식어와 피수식어는 가깝게 둔다
긴 수식어는 좀 떨어져 있어도 괜찮다
수식어가 많을 때는 문장을 나눈다
형용사와 부사는 가능하면 숫자로 바꾼다

머리말부터 시작하지 않아도 된다
6가지 머리말 패턴을 활용한다

단 한 사람을 타깃으로 설정한다
독자의 수준에 맞춰 표현을 바꾼다

처음 말하는 내용일 때 '이/가', 그 내용을 다시 말할 때 '은/는'을 쓴다
'은/는'이 붙어 있어도 주어라고 단정할 수 없다

목적에 맞는 작가의 글을 골라 베끼어 쓴다

Part 3
한번 배워 평생 활용하는
실전 글쓰기 노하우 20

PART 1

100권의 책을 정리하고 깨달은

7가지 글쓰기 규칙

NO. 1 문장은 간결하게 작성한다

　　글쓰기와 관련된 100권의 책에서 가장 많이 나오는 내용이자 전문가들이 입을 모아 강조하는 문장 기술 1위는 '간결하게 작성한다'이다. 무려 53권의 책에서 불필요한 단어는 생략한다, 간단하게 쓴다, 문장을 짧게 쓴다, 군더더기를 삭제한다, 가지와 잎을 잘라내고 줄기만 남긴다 등을 이야기하며 '간결함의 중요성'을 언급하고 있다.

　　'간결하게 쓴다'라는 말은 '없어도 의미가 통하는 단어는 생략한다'와 같은 뜻이다. 잘 읽히는 글을 쓰려면 불필요한 단어를 없애고 간단명료하게 작성하는 것이 중요하다. 참고로 '문장'은 생각과 감정을 말이나 글로 표현할 때 완결된 내용을 나타내는 최소 단위이고,

'글'은 문장이 모인 형태로 생각이나 일 등의 내용을 글자로 나타낸 기록을 뜻한다.

> "작은 스마트폰 화면으로 글을 읽는 시대다. 이 말은 곧 정보가 간결해야 한다는 의미다. 2020년대, 조금이라도 길게 느껴지는 글은 아예 보지도 않을 것이다."
>
> _ 김무귀, 『괴짜 엘리트, 최고들의 일하는 법을 훔치다』

❖ 불필요한 단어는 생략한다

글쓰기 전문가들이 간결하게 쓸 것을 권하는 데는 크게 2가지 이유가 있다.

첫째, 내용 전달이 쉽다. 군더더기 없는 글은 독자, 즉 읽는 이의 부담을 줄여 주고 내용을 쉽게 이해하도록 돕는다. 특히 정보나 단어를 과감하게 삭제하면 걱정과 달리 글쓴이의 주장이 분명하게 나타난다. 이는 주어(누가)와 서술어(무엇을 했다)의 거리를 가깝게 만들어 명확한 사실 관계를 드러내는 것은 물론 시의적절한 단어를 선택하게 만든다.

둘째, 글의 리듬감이 좋아진다. 문장을 짧게 쓰면 없던 리듬감도 생긴다. 반면 글자 수가 많은 문장일수록 문체가 흐트러지고 글의 흐름이 나쁜 방향으로 가기 쉽다. 삭제해도 의미 전달에 별 문제가 없다면 그 단어는 생략하는 게 좋다.

X 나쁜 예문

신종 코로나바이러스라는 것은 인간을 감염시키는 일곱 번째 바이러스입니다. 전 세계 곳곳에서 매우 큰 피해가 발생하는 상태가 이어지고 있습니다.

O 좋은 예문

신종 코로나바이러스는 인간을 감염시키는 일곱 번째 바이러스입니다. 전 세계에서 큰 피해가 발생하고 있습니다.

위의 2가지 예문을 비교해 보자. 먼저 '신형 코로나바이러스라는 것은' → '신형 코로나바이러스는'으로 바꾸었다. '~라는 것'이라는 표현은 대부분 삭제해도 그 의미가 변하지 않는다. 둘째, '전 세계 곳곳' → '전 세계'로 바꾸었는데 '전 세계'에는 '곳곳'이라는 뜻이 포함되어 있다. 굳이 유의어를 중복할 필요가 없으므로 생략했다. 셋째, '매우 큰 피해가 발생하는 상태가 이어지고 있습니다' → '큰 피해가 발생하고 있습니다'로 바꾸었는데 번거롭게 에두르지 말고 이처럼 간결히 표현하는 게 좋다.

글을 쓸 때 보면 단어 삭제를 지나치게 겁내는 사람이 많은데, 과감하게 생략하다 보면 의외로 단단하고 세련된 문장을 만날 수 있을 것이다.

생략해도 되는 '6가지 단어'

① 접속어: 그래서, 그러나, 그러니까 등

② 주어: 나는, 그가 등

③ 지시어: 그, 그것은, 이것은 등

④ 형용사: 높은, 아름다운, 즐거운, 기쁜 등

⑤ 부사: 매우, 굉장히, 아주, 상당히 등

⑥ 의미가 중복되는 단어: 우선 처음에 → 처음에,

　　예상치 못한 해프닝 → 해프닝, 말에서 낙마하다 → 낙마하다,

　　분명히 단언하다 → 단언하다, 쓸데없는 군더더기 → 군더더기 등

"짧은 글이 계속 이어지면 리듬감이 좋아지고 긴박감이 생긴다."

_ 이케가미 아키라, 『쓰는 힘』

❖ 한 문장은 60자를 넘지 않는다

글을 쓰다 보면 자신도 모르게 장문이 되는 경우가 많다. 전달하고자 하는 메시지가 넘치거나 자신이 하고 싶은 말이 정확히 무엇인지 모를 때 이런 현상이 나타난다. 그런데 안타깝게도 인간의 뇌는 단순하고 명료하고 간단한 걸 좋아한다. 지나치게 긴 글, 추상적인 글, 이해가 어려운 글, 복잡한 글을 보면 쉽게 지루함을 느끼고 집중력을 잃는다.

이전 페이지로 돌아가 앞의 내용을 확인하지 않아도 되는 글쓰기 수준을 가지고 있다면 굳이 길이에 집착할 필요가 없다. 하지만 일반인이 이런 스킬을 갖기란 그리 쉽지 않다. 무엇보다 글은 읽는 사람을 배려해야 한다. 쉽고 친근한 단어를 사용해 중학생이 읽어도 이해 가능한 문장을 써야 한다. 글쓰기 전문가들이 짧은 문장을 강조하는 이유도 여기에 있다.

이쯤에서 드는 의문 하나, 흔히 말하는 짧은 문장이란 도대체 몇 글자를 말하는 것일까? 전문가들은 대부분 '한 문장의 길이는 60자 내외'가 적당하다고 봤으며, "80자 이상은 너무 길다"라는 공통된 의견을 내놓았다. 다음 예문을 보자.

X 나쁜 예문

소비재는 상품과 제품 판매나 서비스 제공 등의 거래에 폭넓고 공평하게 과세하지만, 생산 및 유통과 같은 각 거래 단계에서 이중 삼중으로 세금이 매겨지지 않도록, 세금이 누적되지 않는 구조를 도입한다. _ 108자

O 좋은 예문

소비재는 상품과 제품 판매나 서비스 제공에 대해 공평하게 과세한다. _ 37자

생산과 유통 등 각 거래 단계에서 이중 삼중으로 세금이 매겨지지 않는 구조를 도입한다. _ 47자

좋은 예문을 보라. 문장을 짧게 나누고 불필요한 단어를 삭제함으로써 이해하기 쉬운 글이 되었다.

예문에서 알 수 있듯 문장이 짧아지면 글은 저절로 심플해진다. 하지만 짧은 글을 쓰기 위해서는 많은 스킬이 필요하다. 문장이 유기적으로 연결되지 않으면 내용이 파편처럼 흩어져 버리기 때문이다. 연습이 필요할 수밖에 없다.

❖ 한 문장에는 하나의 메시지만 담는다

앞서 글을 쓰기 위해서는 많은 연습이 필요하다고 말했다. 쉬운 스킬은 아니라는 이야기다. 그렇다고 방법이 아예 없는 것도 아니다. 글자 수를 일일이 세지 않더라도 '한 문장에 하나의 메시지만 담는다'를 의식하고 있으면 문장은 저절로 짧아진다. '메시지의 간결화'다. 다만 아무리 짧은 글이라도 한 문장에 여러 가지 정보가 담겨 있으면 가독성이 떨어진다. 구성원들에게 회의 개최를 알리는 다음 예문을 보자.

X 나쁜 예문

내일 오전 9시부터 본사 3층 제1 회의실에서 회의를 하려고 하는데, 신상품 판매 촉진 계획에 대한 의견을 나누려고 합니다.

O 좋은 예문

내일 오전 9시 본사 3층 제1 회의실에서 회의가 있습니다. 신상품 판매 촉진 계획에 대한 의견을 나누는 자리입니다.

나쁜 예문을 보면 한 문장에 회의 시간과 장소, 목적 등 3가지 정보가 들어 있다. 그래서 좋은 예문을 통해 전달하고 싶은 각각의 정보를 한 문장으로 정리했다. 간결하면서도 분명하게 의미 전달이 됨을 알 수 있을 것이다. 다음 예문을 보자.

X 나쁜 예문

고양이는 개보다 더위에 강한 동물이라서 열사병에 걸리지 않는다고 생각하기 쉽지만, 온도가 높은 방에 갇히거나 장시간 수분을 섭취하지 못하면 호흡곤란이나 휘청거리는 등 열사병 초기 증상이 나타나고, 증상이 심해지면 경련이나 발작, 의식을 잃어 죽음에 이르는 경우도 있기 때문에, 체내의 수분이 줄지 않도록 집안 곳곳에 물이 담긴 접시 여러 개를 준비해서 언제든지 원할 때 신선한 물을 마실 수 있도록 해둡시다. _224자

나쁜 예문에는 '고양이는 더위에 강하다' '하지만 열사병에 걸린다' '호흡곤란이나 휘청거리는 등의 증상으로 죽음에 이르기도 한다' '열사병을 예방하기 위해 물이 담긴 접시를 준비한다' 등 한 문

장에 4가지가 넘는 정보가 들어 있다. 이처럼 한 문장에 여러 가지 내용을 담으면 독자는 혼란스러울 수밖에 없다. 한 문장에 하나의 메시지만 담는다는 원칙에 따라 다음과 같이 수정했다.

O 좋은 예문

고양이는 개에 비해 더위에 강한 동물입니다. _ 24자

그러나 온도가 높은 방에 갇히거나 장시간 수분을 섭취하지 못하면 열사병에 걸리기 쉽습니다. _ 50자

초기 증상으로 호흡곤란이나 휘청거림 등을 보입니다. _ 28자

열사병 예방을 위해서는 체내 수분량이 중요합니다. _ 27자

고양이가 원할 때 수분을 섭취할 수 있도록 신선한 물이 담긴 접시를 여러 개 준비해 둡시다. _ 51자

NO. 1 ONE POINT LESSON "문장"

❶ 불필요한 단어를 삭제해 간결하게 작성한다.

❷ 한 문장은 60자를 넘지 않는다.

❸ 한 문장에는 하나의 메시지만 담는다.

매혹적인 글에는
형식이 있다

2위는 '형식'에 관한 것이다. 형식은 '글의 흐름을 나타내는 패턴'을 말한다. 100권의 책 가운데 총 38권이 스타일, 템플릿, 뼈대, 양식 등 그 명칭은 다르지만 '문장의 형식'에 대해 언급했다. 의식의 흐름대로 쓰기보다는 형식에 맞춰 글을 써야 전달력이 높아진다는 것이다.

무엇보다 형식에 맞춰 쓰면 어떤 내용을, 어떤 순서로, 어떻게 전달해야 할지 고민할 필요가 없어진다. 쓰는 속도가 빨라지는 것은 물론 글의 흐름도 좋아진다. 뿐만 아니다. 넘치거나 부족하지 않은 적당한 정보 전달로 논리 전개의 오류를 최소화할 수 있다. 결론이 명확해지는 것은 덤이다.

'전달하는 힘(말하기·쓰기) 연구소'의 야마구치 다쿠로 소장은 『세상에서 가장 편하게 술술 쓸 수 있는 문장 강좌』를 통해 형식의 효용성을 다음과 같이 설명하고 있다. "처음에 A를 쓰면 다음에 B를 쓰고 그다음에 C를 쓰고 마지막에 다시 A를 쓴다는 식으로 정해진 순서에 따라 글을 써 보자. 이런 경우 글의 구조를 설계하기 위해 고민할 필요가 없어진다."

형식의 중요성을 강조한 38권의 책에서 공통적으로 언급하고 있는 '글쓰기 형식'은 크게 다음 3가지로 나눌 수 있다.

① 역삼각형: 결론 → 설명

결론을 먼저 내세우는 것으로 기사나 비즈니스 문서, 실용문에 적합하다.
② PREP(프랩)형: 주장(point) → 이유(reason) → 사례(example) → 재주장(point)

주장을 말하고 나서 그 주장이 나온 이유와 구체적 예를 설명하는 것으로 비즈니스 문서와 실용문에 적합하다.
③ 3단형: 서론 → 본론 → 결론

결론을 나중에 말하는 것으로 논문에 적합하다.

❖ '선 결론, 후 설명' 역삼각형 글쓰기

역삼각형 글쓰기의 핵심은 선 결론, 후 설명이다. 뒤로 갈수록 내용의 중요도가 떨어지기 때문에 역삼각형이라고 부른다. 이 형식의 기본은 결론에서 설명으로 나아간다. 시간이나 사건의 흐름을 따르지 않고 '가장 전달하고 싶은 내용(독자가 알고 싶어 하는 것)'을 맨 앞에 쓴다. 그러고 나서 결론에 이른 경위, 이유, 근거로 내용을 보충한다.

극작가 이노우에 히사시는 『손수 만든 문장 독본』에서 역삼각형 글쓰기의 장점에 대해 "독자는 바쁘다. 읽기를 어디서 멈춰도 상관없도록 중요한 내용부터 먼저 쓰는 자세가 필요하다. 바쁜 독자에게 이는 매우 고마운 마음가짐이다"라고 말했다.

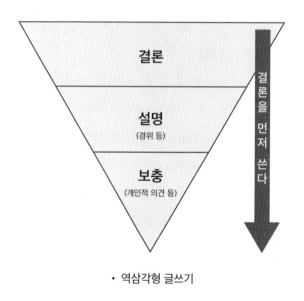

• 역삼각형 글쓰기

역삼각형 글쓰기의 장점은 무엇일까? 전문가들은 이를 크게 5가지로 정리한다.

첫째, 필요한 정보를 적확하게 전달할 수 있다. 둘째, 서문만 읽어도 대략적인 개요 파악이 가능하다. 이는 독자의 시간을 절약해 주는 선물과 같다. 셋째, '가장 중요한 정보'를 먼저 쓰기 때문에 글의 도입부, 즉 머리말에 무엇을 쓸지 고민할 필요가 없다. 넷째, 중요한 정보를 앞에서 제공, 읽는 이의 관심과 흥미를 증폭시킬 수 있다. 다섯째, 분량에 문제가 생겨서 내용을 압축해야 하는 경우 '후 설명 부분', 즉 뒤에서부터 글을 줄일 수 있다. 가장 중요한 결론은 그대로 두고 수정이 가능한 것이다.

역삼각형 글쓰기의 대표격인 뉴스 기사를 작성한다고 가정해 보자. 만약 스포츠 기사라면 '경기 결과 → 경기 내용' 순으로 쓰면 된다.

O 좋은 예문 (결론 → 설명)

닛폰햄이 12안타 9득점으로 마침내 승리를 거두었다. 오늘 경기에서는 다나카 선수의 활약이 눈부셨다. 다나카는 1회 초 내야 땅볼로 1점을 선점한 후, 4회 말 16호 투런 홈런으로 착실하게 점수 차를 벌려 나갔다. 아리하라는 7회 무실점으로 한 달 만에 2승을 달성했다. 반면 안타깝게도 롯데의 타선은 안타가 이어지지 않았다.

스포츠 기사의 경우 독자의 가장 큰 관심은 경기 결과에 있다. 결과를 알아야 왜 그렇게 되었는지, 경기 전개가 어땠는지, 누가 활약

했는지 등을 파악할 수 있기 때문이다. 결론이 아닌 설명부터 나온 다음 예문을 보자.

앞선 예문을 보면 글의 형식이 얼마나 중요한지 새삼 깨닫게 된다. 신문이라는 특성과 형식을 무시하고 시간의 흐름에 따라 원고를 작성하면 독자는 기사를 끝까지 읽어야만 그 결과를 알 수 있다. 이처럼 중요한 결과를 마지막에 알려주는 기사는 독자에게 스트레스가 될 뿐이다.

❖ '주장 → 이유 → 구체적 예 → 재주장' PREP형 글쓰기

'Point' 'Reason' 'Example' 'Point'의 앞글자를 딴 PREP형은 역삼각형 글쓰기와 마찬가지로 결론이 앞에 나온다. 비즈니스 문서는 물론 프레젠테이션, 블로그와 SNS에서도 활용할 수 있는 편리한 글쓰기 형식이다.

PREP형 글쓰기의 4가지 요소

① P(Point): 주장, 결론

⇨ ○○○의 결론은 ○○○입니다.

② R(Reason): 이유

⇨ 왜냐하면 ○○○이기 때문입니다.

③ E(Example): 사례, 구체적 예

⇨ 실제로 ○○○라는 사례가 있습니다.

④ P(Point): 재주장, 결론, 정리

⇨ 따라서 ○○○의 결론은 ○○○라고 할 수 있습니다.

앞서 나온 역삼각형과 PREP형을 간략하게 비교해 보자. 역삼각형 글쓰기는 결론에서 설명·보충으로 이어지고, PREP형 글쓰기는 주장에서 설명(이유와 구체적 예)·재주장으로 이어진다.

특히 PREP형은 결론을 두 번 쓰기 때문에 저자의 의도를 더욱 명확하게 전달할 수 있다. 주장을 먼저 쓰고 이를 뒷받침할 명확한 근거를 제시하는 글쓰기로 역삼각형보다 설득력이 높다는 것도 장점이다.

PREP형 글쓰기 예문

① 주장: 장수의 비결은 자신의 역할을 찾아 성실하게 살아가는 것이다.

불교에서는 지역이나 가정에서 '자신의 역할'을 가지는 것이 장수의 비결이라고 말합니다. '사명감을 가지고 하루하루를 살아가는 것'이 수명을 늘리는 방법이라는 뜻입니다.

② 설명 1(첫 번째 이유): 역할이 있으면 삶의 보람이나 자존감이 커진다.

역할과 수명은 어떤 관련이 있을까요? 혹자는 역할과 수명의 상관관계를 쉽게 떠올리지 못합니다. 하지만 인간에게 역할은 매우 중요합니다. 자신에게 맞는 역할이 주어졌을 때 우리는 비로소 높은 자존감과 함께 삶의 보람을 느끼게 됩니다. 이는 당연히 신체 건강과 정신 건강에 많은 영향을 미치겠죠.

설명 2(두 번째 이유): 의학적 증거도 있다.

"지역이나 가정에서 자신의 역할을 가진 사람의 사망률이 그렇지 않은 사람보다 12퍼센트 낮다"라는 연구 결과도 있습니다.

③ 구체적 예: 최고령자 '기무라 지로에몬 씨'도 현재 맡은 역할이 있다.

현재 만 116세인 기무라 지로에몬 씨의 사례를 봅시다. 그는 90세까지 밭일을 하는 등 자신의 역할을 소홀히 하지 않았습니다.

④ 재주장: 건강하게 장수하려면 자신의 역할을 찾는 것이 중요하다.

사명(使命)은 '목숨을 사용하다'라는 뜻입니다. 자신의 역할을 찾았으면 목숨을 걸고 목표를 이루라는 의미입니다. 불교에서 가르치는 '장수의 비결'인 셈이죠.

❖ '서론 → 본론 → 결론' 3단형 글쓰기

비즈니스 문서나 실용문은 결론을 먼저 쓰지만 논문과 리포트는 '후 결론'이 원칙이다. 논문에서는 결론의 정확함보다 결론에 이르는 전개의 명확함이 우선시되기 때문이다.

> "대부분 논문은 논증의 정확도에 따라 평가가 달라진다. 결론의 정확함은 별로 중요하지 않다. 따라서 논문을 쓸 때는 자신의 주장(결론)을 뒷받침해 줄 수 있는 충분한 논거가 필요하다."
>
> _ 도다야마 가즈히사, 『신판 논문 교실』

논문은 서론 → 본론 → 결론의 '3단 형식'이 기본이다. 저널리스트이자 도쿄대학교 명예교수인 오가사와라 노부유키는 『전달된다! 문장력을 익히는 책』을 통해 '3단 형식은 현재 상태를 논하는 최선의 작법'이라고 평가했다. 이토록 중요한 3단 형식을 활용하기 위해서는 무엇보다 '서론' '본론' '결론'의 각기 다른 역할을 제대로 파악할 필요가 있다. 그 역할은 다음과 같다.

- 서론: 주제와 문제점을 제시(의문문)한다.
- 본론: 문제 원인을 분석한다.
- 결론: 해결책을 제시한다.

다음 예문을 보자.

서론:

인구 증가와 경제 성장에 따라 석유 자원의 고갈이 심각한 문제로 대두되고 있다. 어떤 방법으로 에너지 자원을 확보해야 할까?

본론:

첫째, 세계적으로 신흥국의 에너지 수요가 급증하는 가운데 화석 연료 소비도 증가하고 있다. (……) 미국과 중국은 현재 전력 생산의 약 80퍼센트를 화력발전에 의존하고 있다. 문제는 불안정한 국제 정세다. 특히 석유는 분쟁이 빈번한 중동 지역에 의존하고 있기 때문에 언제든 공급에 차질이 생길 수 있다.

둘째, 유럽은 전력망이 각국으로 연결되어 있다. 일부 국가에서 전력이 부족할 경우 다른 나라에서 전력을 공급할 수 있는 구조다.

결론:

에너지 자원을 확보하려면 석유의 안정적 공급을 유지하면서 다양한 에너지 자원을 개발하고 이용할 필요가 있다.

앞선 예문에서 알 수 있듯, 3단 형식에서 가장 중요한 점은 서론에서 논점을 하나로 압축하는 것이다. 논점이 하나면 결론도 하나로 정리되어야 한다.

스포츠나 악기를 처음 배울 때 누구나 '형식(틀)'을 익힌다. 문장도 마찬가지다. 형식을 익혀 그대로 따라 쓰기만 해도 전달력을 지닌 좋은 문장을 쓸 수 있다. 결국 형식의 활용은 문장력을 익히는 지름길인 셈이다.

> "형식을 알면 자신의 언어를 갈고닦는 여정을 최단 거리로 좁힐 수
> 있다. 형식을 알면 형식을 깨뜨리는 일도 가능해진다."
>
> _ 우메다 사토시, 『말이 무기다』

NO. 2 ONE POINT LESSON "글쓰기 형식"

❶ '선 결론, 후 설명'은 역삼각형 글쓰기의 기본이다.

❷ 설득력을 높이고 싶다면 주장 → 이유 → 구체적 예 → 재주장으로 구성된 PREP 형식을 사용하라.

❸ 논문은 서론 → 본론 → 결론 3단 형식으로 써라.

한 시간에 완성하는
블로그 게시물 형식

지금까지 작문이 서툰 사람들의 원고를 수없이 첨삭해 왔다. 이들은 몇 가지 공통점을 보이는데, 대표적으로 글의 흐름이 나쁘다는 것을 들 수 있다. 글의 구성이 없다는 말이다.

글쓰기를 어려워하는 사람들은 기승전결로 된 이야기 구조를 만들지 못한다. 어떤 재료를 먼저 배치해야 독자를 유혹할 수 있는지 고민하지 않는다. 그래서일까? 이들은 대부분 머릿속에 떠오르는 생각을 그대로 쓴다. 생각나는 대로 글을 쓰면 같은 내용이 반복되거나 느닷없는 전개로 오류가 발생하기 쉽다. '도대체 무슨 이야기를 하고 싶은 거야?'라는 의구심이 생기는 글이 되고 마는 것이다.

우리는 이런 문제를 단기간에 해결하고, 글쓰기에 대한 두려움을 없애기 위해 형식을 중심으로 한 글쓰기를 지도했다. 다음은 대학생들에게 문장 쓰는 법을 지도할 때 사용한 형식이다.

쉬운 문장 형식의 4가지 요소

❶ 주제: 무엇에 대해 쓴 글인가? 어떤 메시지를 전달하고 싶은가?

❷ 이유: 메시지를 전달하고 싶은 이유와 그렇게 주장하는 근거는 무엇인가?

❸ 구체적 사례: 실제로 어떤 에피소드가 있는가?

❹ 제안: 독자에게 전하고 싶은 조언과 메시지는 무엇인가?

앞서 말한 'PREP 형식'과 마찬가지로 '쉬운 문장 형식'도 '이유(근거)'와 '구체적 예'를 앞쪽에 넣었는데, 이는 객관성과 신뢰감을 주는 중요한 요소다. 아무리 문장력이 없는 사람이라도 이 4가지 요소를 정해진 순서대로 작성하면 보다 명확한 글을 쓸 수 있다.

지금부터 쉬운 문장 형식의 4가지 요소를 약간 변형하여, 블로그에 올릴 글을 작성하려고 한다. 이 형식을 활용하면 아마도 한 시간 안에 자신이 원하는 글이 완성되는 기적을 보게 될 것이다. 이를 위해서는 가장 먼저 주제, 즉 게시물의 테마를 결정할 필요가 있다. 현재 자신이 몰두하고 있는 취미, 빠져 있는 활동, 좋아하는 연예인 중 사람들의 이목을 끌 만한 것은 무엇인가? 결정이 끝났으면 그 주제를 바탕으로 1,200~2,000자 내외의 원고를 작성해 보도록 하자.

블로그 게시물의 4가지 형식

❶ 좋아하는 ○○의 특징

❷ ○○을 좋아하게 된 동기나 시작한 계기

❸ ○○의 장점 또는 다른 사람에게 추천하는 3가지 이유

❹ ○○을 시작하는 사람을 위한 조언

다음은 세미나 참가자가 블로그 작업을 위해 실제로 작성한 글이다. 이를 참고해 연습하면 문장력을 키우는 데 많은 도움이 될 것이다.

예문

※ 현재 자신이 좋아하는 것, 푹 빠져 있는 것에 대하여 써 보세요.

제가 최근 푹 빠져 있는 다이어리를 소개하겠습니다.

❶ 좋아하는 것의 특징을 간단하게 설명하세요.

'두근두근 리스트'가 붙어 있는 수직형 다이어리로
주간은 가로줄, 시간은 세로줄로 구성되어 있습니다.

❷ 그것을 시작한 계기를 쓰세요.

얼마 전 우연히 참석한 강좌에서 이 다이어리를 사용하는 한 여성을 보았습니다.
그녀는 제게 다이어리 사용이 간편하다고 말해 주었습니다.

강연이 끝나고 나서 다이어리를 만든 작가의 블로그를 찾아보았는데,

자세한 사용법이 설명되어 있었습니다.

❸ 그것을 추천하는 이유를 설명하세요.

제가 이 다이어리를 추천하는 이유는 다음과 같습니다.

첫째, 다른 다이어리에 없는 '두근두근 리스트'가 있어서

가 보고 싶은 곳, 갖고 싶은 물건, 해 보고 싶은 일 등을 적을 수 있습니다.

덕분에 제가 무엇을 좋아하는지, 어떤 것에 흥미를 느끼는지 쉽게 발견할 수 있습니다.

둘째, 그날 한 일을 메모하면 제가 무엇을 했는지 한눈에 파악할 수 있습니다.

과소비, 늦잠 등 반성할 부분이 바로 보여서 시간을 버리지 않게 됩니다.

셋째, 앞으로 무엇을 할지 계획할 수 있습니다.

저는 가장 편한 장소를 찾아 앞으로의 계획을 세웁니다.

일주일에 한 번 짧은 여행이라도 떠난다,

미용실에 간다 등 최소 2주간의 계획을 점검합니다.

❹ ○○○을 시작하는 사람에게 전하는 조언

자신의 행동을 메모하세요. 자신의 행동 패턴을 파악하면 이를 근거로

2주간의 계획을 세울 수 있습니다. 계획한 일을 수행하지 못해도 괜찮습니다.

행동에 옮긴다는 게 더 중요하니까요.

자, 이제 다이어리를 실제로 작성하며 이 시간을 즐겨 봅시다.

레이아웃이
글의 분위기를 바꾼다

3위는 '레이아웃'에 관한 것이다. 100권의 책 가운데서 총 36권이 '레이아웃 정리'를 포인트로 삼았다. 여기에서 레이아웃은 문자의 배열을 뜻한다. 특히 SNS나 블로그 활동 등 타인의 눈에 띄기 위한 글쓰기를 하는 사람에게 레이아웃은 매우 중요하다. 글자의 크기와 굵기, 자간과 행간의 균형, 한 페이지 안에 들어가는 글자 수, 문자 배열 등에 따라 글의 가독성과 느낌이 달라지기 때문이다.

지면이나 화면에 글자가 빽빽하게 들어찬 글을 보면 어떤 기분이 드는가? 무엇보다 답답함을 느낄 것이다. 그리고 채 읽기도 전에 건너뛰고 싶을 것이다.

"글자 형태나 소리 상태 등은 타인을 '이해시키기 위한 하나의 도구'와 같다."

_ 다니자키 준이치로, 『문장 독본』

"문장의 좋고 나쁨은 굳이 내용을 보지 않아도 알 수 있다. 읽기 편한 책은 한 단락이 짧고 여백이 많다."

_ 스티븐 킹, 『유혹하는 글쓰기』

"레이아웃이 전문가의 영역이던 시절이 분명히 있었다. 하지만 지금은 어떠한가? 누구든지 행갈이, 글자 크기와 굵기 등 레이아웃을 자유자재로 조절할 수 있는 세상이다. 일반인에게도 레이아웃의 기술이 중요해졌다는 말이다."

_ 후지사와 고지, 『'알기 쉬운 문장'의 기술』

"일 잘하는 사람은 타인의 눈에 비친 자신의 모습을 중요하게 생각한다. 문장도 비슷하다. 문장의 모양을 다듬는 일은 자신의 모습을 다듬는 것만큼이나 중요하다."

_ 나카무라 게이, 『설명은 속도로 결정된다, 한순간에 이해되는 '전달하는 힘'의 기술』

❖ 여백이 있으면 읽기 편하다는 느낌이 든다

읽기 편한 레이아웃을 만들고 싶은가? 그렇다면 여백과 리듬감, 이 2가지만 기억하라. 여백은 지면이나 화면의 '하얀 부분'을 말한다. 문자나 사진, 그림 등이 없는 빈 부분이다.

생활에만 미니멀리즘이 필요한 게 아니다. 글에도 미니멀리즘이 필요하다. 과감한 압축과 빈 공간이 주는 아름다움을 대체할 수 있는 표현은 없다.

글쓰기 전문가들의 글을 보라. 그들은 여백이 없으면 읽기 불편하다는 점을 알고 의도적으로 행간을 늘리고 '행 띄기'를 한다. 참고로 행간은 문자 크기의 0.5~1 정도, 행 띄기는 1행 정도 주는 게 적당하다.

X 나쁜 예문

국내 고용의 약 70퍼센트를 중소기업이 책임지고 있습니다. 따라서 이들을 중심으로 '근로 방식 개혁(2018년 제정된 것으로, 정식 명칭은 '근로 방식 개혁 추진을 위한 관련 법률의 정비에 관한 법률'. 노동기준법을 비롯한 노동계약법, 파견법 등의 개정이 포함됨-옮긴이)'을 꾸준히 실시해야 합니다. '매력적인 직장 만들기'는 심각한 인력 부족을 겪고 있는 중소기업과 소규모 사업자에게 큰 도움이 되므로, 근로 방식 개혁을 통해 매력적인 직장을 만드는 게 중요합니다. 특히 중소기업과 소규모 사업장은 의식 공유가 수월한 장점이 있습니다. 근로 방식 개혁 추진을 통해 '매력적인 직장 만들기 → 인재 확보 → 업적 향상 → 이익 증가'의 선순환을 만듭시다!

_ 일본 후생노동성, '일하는 방법 개혁 특별 사이트'에서 인용

O 좋은 예문

국내 고용의 약 70퍼센트를 중소기업이 책임지고 있습니다. 따라서 이들을 중심으로 '근로 방식 개혁'을 꾸준히 실시해야 합니다. 매력적인 직장을 만드는 일은 곧 인력 부족의 해소로 이어지기 때문입니다.

'매력적인 직장 만들기'는 심각한 인력 부족을 겪는 중소기업과 소규모 사업자에게 큰 도움이 되므로, 근로 방식 개혁을 통해 매력적인 직장을 만드는 게 중요합니다.

특히 중소기업과 소규모 사업장은 의식 공유가 수월한 장점이 있습니다. 근로 방식 개혁 추진을 통해 '매력적인 직장 만들기 → 인재 확보 → 업적 향상 → 이익 증가'의 선순환을 만듭시다!

나쁜 예문은 행간이 좁고, 행갈이와 행 띄기가 없어 글자가 꽉 찼다는 느낌을 준다. 이처럼 여백이 없으면 의도치 않게 독자에게 심리적 압박감을 줄 수 있다. 행간을 늘리고 단락마다 한 행을 띈 좋은 예문을 보라. 이와 같은 단순한 행위만으로도 글의 시인성(視認性, 모양이나 색이 눈에 쉽게 띄는 성질)과 가독성이 개선됨을 알 수 있다. 여백 하나로 글이 편하게 읽히는 것이다.

❖ 레이아웃이 개선되면 문장의 리듬감도 좋아진다

레이아웃을 정리하면 글의 리듬감도 좋아진다. 리듬감이 좋은 문장은 '소리 내어 읽었을 때 잘 읽히는 문장'을 말한다. 실제 행갈이, 구두점, 제목의 위치, 글씨 크기와 두께, 단락 등에 따라 문장의 리듬감이 달라지는 것을 느낄 수 있다.

글의 내용, 즉 구성도 리듬과 문장의 탄력성을 만들어낸다. 어떤 이야기를 앞에 배치하느냐에 따라 힘이 넘치는 글이 될 수 있고 반대로 부드러운 글이 될 수도 있다.

청각적 리듬과 시각적 리듬도 고려해 보라. 먼저 시각적 리듬을 살리고 싶다면 구두점과 행갈이를 적절하게 이용해 레이아웃에 물리적 공간을 만들어주면 된다. 청각적 리듬을 살리고 싶다면 자신이 쓴 글을 소리 내어 읽어 본다. 별문제 없어 보이던 문장도 소리 내어 읽으면 어색하게 느껴질 때가 많다. 이는 쉼표의 위치, 중복되는 단어, 애매한 표현 등을 확인하는 데도 도움이 될 것이다.

반대로 글의 리듬감을 떨어뜨리는 요인은 무엇일까? 단락이 너무 길거나 반대로 너무 짧을 때, 한 행이 지나치게 길 때, 행갈이가 적거나 아예 없을 때, 한자가 많을 때, 구두점이 적을 때가 그렇다. 리듬감이 나쁜 문장은 가독성을 떨어뜨리는데, 이는 글을 잘못 읽거나 틀리게 읽는 오독(誤讀)의 원인이 되기도 한다.

"문장을 읽을 때면 누구나 내면의 단어를 이용해 머릿속으로 소리 내어 읽는다."

"읽기 어려운 단어는 마음에 와닿지 않는다."

_ 우메다 사토시, 『말이 무기다』

"'귀로 들어 알 수 있는 문장', 내 평생의 바람이다."

_ 가와바타 야스나리, 『신 문장 독본』

NO. 3 ONE POINT LESSON "레이아웃"

❶ 여백은 읽기 편한 글을 만든다.

❷ 레이아웃이 개선되면 문장의 리듬감도 좋아진다.

반드시 고치고 다듬는 과정을 거친다

4위는 글을 고치고 다듬는 과정, 즉 '퇴고(推敲)'에 관한 것이다. 100권의 책 가운데 총 27권에서 고치고 다듬는 과정의 필요성을 언급했다. 퇴고는 좋은 글이 되도록 문장을 수정하는 행위를 말한다. '본문에 어울리는 제목인가?' '대체할 단어가 있는가?' '중복되는 문장은 없는가?' '더 짧고 간략하게 줄일 수 있는 표현은 무엇인가?' 등 마지막까지 긴장의 끈을 놓지 않고 문장을 살피고 다듬는 것이다.

고치고 다듬는 과정이 필요한 이유는 크게 다음 4가지로 압축할 수 있다. 첫째, 오자(잘못 쓴 글자)와 탈자(빠진 글자)를 최소화한다. 둘째,

글자(문장)를 덧붙이거나 삭제해서 보다 정확한 문장을 만든다. 셋째, 정보에 오류가 없는지 확인한다. 넷째, 조금 더 쉬운 표현으로 바꿔 이해도를 높인다.

고치고 다듬는 과정의 9가지 포인트

① 내용과 논리에 오류가 없는지 살펴본다.

② 불필요한 글자를 삭제해 문장을 짧게 다듬는다.

③ 행간이나 한 행 띄기로 여백을 만든다.

④ 오탈자를 최소화한다(특히 고유명사 주의).

⑤ 구두점을 적절하게 활용한다.

⑥ 표기와 용어를 통일한다.

⑦ 불쾌감을 주는 표현과 차별적 용어는 피한다.

⑧ 주어와 서술어의 관계를 확인한다.

⑨ 중복되는 단어나 표현에 주의한다.

> "일필휘지로 작성한 글에서 높은 완성도를 기대하면 안 된다. '이 문장을 앞으로 배치하는 게 나을까, 뒤쪽으로 옮기는 게 나을까?'를 고민하며, 글을 자르고 붙이는 과정을 거쳐야 그나마 '읽을 만한 글'이 된다."
>
> _ 다케우치 마사아키, 『쓰는 힘』

❖ 시간을 두고 다시 읽는다

글을 고치고 다듬는 과정의 필요성을 언급한 27권의 책에서 가장 중요하게 생각하는 것은 바로 '시간을 두고 다시 읽는 행위'다. 혹시 자신이 써 놓은 글을 다시 읽어 본 적이 있는가? 아직 머릿속에 문장의 잔상이 남아 있으면 자신도 모르게 부족한 부분을 보충하며 읽게 된다. 또한 글을 쓸 때 느꼈던 감정이 이어져 문장을 객관적으로 보기가 어렵다.

그렇다면 글을 고치고 다듬기 위해 어느 정도의 시간을 두는 것이 적당할까? 27권의 책을 중심으로 통계를 낸 결과 글을 숙성시키는 시간은 평균 일주일, 적어도 하루 정도의 시간을 두는 것이 바람직하다.

> "마감 전에 원고를 끝내고, 마지막 하루는 그것을 고치고 다듬는데 사용한다."
>
> _ 오사와 아리마사, 『소설 강좌 잘나가는 작가의 모든 기술』

> "글이 길면 일주일 정도, 그게 아니라면 적어도 하룻밤의 시간이 필요하다."
>
> _ 이케가미 아키라, 『전달하는 힘』

> "며칠의 시간을 두고 다시 보면 자신의 글을 객관화할 수 있다."
>
> _ 히구치 유이치, 『사람의 마음을 움직이는 문장 기술』

"원고를 완성할 때는 며칠 간의 숙성 시간이 필요하다. 원고와 어느 정도 거리를 두면 자신의 글을 타인의 글로 보는 힘이 생겨 냉정하게 판단할 수 있다."

_ 이시구로 게이, 『논문·리포트의 기본』

"시간적 여유가 있다면 원고를 하루나 이틀 그대로 두고 숙성시키는 편이 좋다."

_ 다쓰노 가즈오, 『문장 쓰는 법』

❖ 프린트해서 다시 읽는다

글을 고치고 다듬는 두 번째 방법은 종이로 읽는 것이다. 글쓰기 전문가들은 워드로 작성한 원고는 인쇄 후 반드시 종이로 읽어 볼 것을 권한다. 컴퓨터 모니터나 휴대폰 화면을 통해 텍스트를 읽는 편리함을 모르는 바 아니지만, 종이로 읽어야만 하는 이유가 있기 때문이다.

미디어 평론가이자 커뮤니케이션 이론가 마셜 매클루언은 종이에 인쇄된 글을 읽으면 뇌가 분석 모드로 바뀌기 때문에 화면으로 보는 것보다 실수를 찾아내기 쉽다고 말한다. 인간의 뇌는 종이에서 반사된 빛, 즉 반사광을 읽으면 '분석 모드'로 변한다. 반면 모니터 화면에서 발사되는 빛, 즉 투과광을 읽으면 '패턴 인식 모드'가 된다. 패턴 인식 모드가 된 뇌는 문장의 세세한 부분은 무시한 채 전체적인 흐름과 특정한 패턴만 읽으려고 한다.

많은 뇌 과학자 역시 같은 주장을 하고 있다. 책을 볼 때는 이해력과 기억력을 관장하는 영역에서 활성화가 일어나는 반면, 모니터나 스마트폰 화면을 볼 때는 정보를 인지, 판단, 선택, 처리하는 영역에서 활성화가 일어난다. 관찰하고, 분석하고, 이해하는 데 집중해야 할 에너지를 '정보 처리'에 쏟는 것이다. 결국 종이에 인쇄된 글을 읽어야만 분석력, 이해력, 사고력이 길러지는 셈이다.

❖ 소리 내어 읽는다

글을 고치고 다듬는 세 번째 방법은 소리 내어 읽는 것이다. 글을 소리 내어 읽는 행위를 송독(誦讀)이라고 하는데, 일단 소리를 내기 시작하면 대충 읽을 수가 없다. 소리 내어 읽는 행위는 눈으로 발견할 수 없는 '문장의 구멍'을 찾아내는 수단이자 고치고 다듬는 퇴고의 정밀도를 높이는 과정인 셈이다.

이를 증명하듯 작가 이케가미 아키라는 출판 전 자신의 원고 전체를 일부러 소리 내어 읽는다고 한다. 술술 읽히지 않는 부분, 읽기 어려운 부분, 리듬감이 떨어지는 부분을 찾기 위해서다. '지식의 거인'으로 불리는 도야마 시게히코도 『지적인 문장 기술』에서 "술술 읽히지 않으면 문장이 거칠다는 증거다. 뒤틀린 문맥은 오독의 원인이 될 수 있으므로 다시 살펴봐야 한다"라고 말했다.

❖ 다른 사람이 읽어 주는 문장을 듣는다

글을 고치고 다듬는 네 번째 방법은 '타인이 읽어 주는 문장을 듣는 것'이다. 다른 사람의 목소리를 통해 자신이 쓴 글을 들으면 미처 생각지 못한 부분을 발견할 수 있다.

한편 "다른 사람이 읽어 주는 것은 퇴고가 아닌 첨삭이다"라고 말하는 사람도 있다. 퇴고는 문제가 되는 부분을 본인이 직접 수정하는 것이고, 첨삭은 타인이 수정해 주는 것이다. 이 책에서는 다른 사람이 발견한 잘 읽히지 않는 부분, 의미가 통하지 않는 부분, 오탈자 등을 글쓴이 자신이 직접 수정하는 것을 전제로 했다. 이에 고치고 다듬는 과정에 포함했음을 일러둔다.

NO. 4 ONE POINT LESSON "고치고 다듬는 과정"

❶ 시간을 두고 다시 읽는다.
❷ 프린트해서 다시 읽는다.
❸ 소리 내어 읽는다.
❹ 다른 사람이 읽어 주는 문장을 듣는다.

쉬운 단어를 선택한다

5위는 '쉬운 단어'에 관한 것이다. 쉬운 단어는 중학생도 알 수 있는 단어, 일상에서 사용되는 단어, 귀에 익숙한 단어 등을 말한다. 언론 매체에서는 독자의 기준을 중학생으로 삼는 경우가 많다. 의무교육을 받은 중학생 수준의 지식과 단어를 사용하면 대다수 사람이 이해 가능한 글을 쓸 수 있기 때문이다.

문장은 단어와 단어의 조합이다. 문장에서 어려운 단어나 의미를 모르는 한자가 나오면 책에 머물던 시선을 거둘 수밖에 없다. 쉽고, 잘 읽히고, 리듬감 좋은 글을 쓰기 위해서는 지나치게 어려운 단어와 전문용어 등은 사용하지 않는 게 좋다.

❖ 어려운 단어는 쉬운 단어로 바꾼다

불특정 다수를 대상으로 하는 글쓰기일수록 일상적이고 일반적인 단어를 사용해야 한다. 다음 예문을 살펴보자.

어려운 단어를 사용한 예

문제 해결은 끽긴(喫緊, '끽긴하다'의 어근으로 '매우 중요하다'는 뜻)한 과제입니다. 가급적 신속하게 제반적 대책을 강구할 생각입니다.

일반적인 단어로 바꾼 예

서둘러 문제를 해결하는 게 매우 중요하므로, 가능한 한 빨리 다양한 대책을 세우려고 합니다.

'끽긴 → 매우 중요한 일' '가급적 신속하게 → 가능한 한 빨리' '제반 → 다양한' '강구 → 대책을 세우다' 등으로 문장을 수정하자 가독성이 한결 좋아졌음을 알 수 있다. 문제는 어휘력이다. 그만큼 단어를 많이 알아야 이런 수정도 가능한 것이다.

어려운 단어를 쉬운 단어로 바꿀 때 도움이 되는 게 하나 있다. 바로 '유의어 사전'이다. 유의어 사전의 필요성에 대해서는 'NO. 12 사전을 활용해 어휘력을 키운다'에서 자세히 설명하도록 하겠다.

❖ 전문용어는 설명을 덧붙인다

쉬운 글을 쓰기 위해서는 "내가 아는 지식을 세상 모든 사람이 알고 있는 건 아니다"라는 전제를 둘 필요가 있다. 따라서 전문용어는 최대한 자제하고, 어쩔 수 없이 사용해야 한다면 그 용어를 반드시 설명해 주어야 한다.

예를 들어 출판업계에서는 '1도(단색)' '4도(컬러)'라는 용어를 자주 사용한다. 책은 기본적으로 사이언(Cyan, 파랑), 마젠타(Magenta, 빨강), 옐로(Yellow, 노랑), 블랙(Black, 검정) 등 4가지 컬러를 조합해 색을 만든다. 만화책처럼 한 가지 색만 사용해 제작하는 것을 1도라고 하며, 여러 가지 색을 조합해 컬러로 인쇄하는 것을 4도라고 한다.

이 책의 타깃이 작가나 편집자라면 '본문 1도' 또는 '본문 4도'라고 표기해도 별 문제가 없다. 하지만 일반인을 대상으로 한 책이기 때문에 누구나 이해할 수 있는 단어로 설명해야 한다.

만약 전문용어를 써야 한다면 '판형=도서 사이즈' '세나카=책등' '도비라=속표지' 등의 설명을 덧붙임으로써 쓰는 이와 읽는 이의 '전제 지식을 균등하게' 만들 필요가 있다. 이런 설명이 없다면 관련 업계 종사자와 전문가만 이해할 수 있는 문장이 된다.

간혹 '있어 보이는 글' '전문가다운 글'을 쓰기 위해 일부러 어렵고 난해한 용어를 과다하게 사용하는데, 이는 결코 바람직한 현상이 아니다. 다음 예문을 보자.

장마가 시작되어 비가 내리는 날이 많아지고 있습니다. '선상강수대(線狀降水帶)' 발생이 우려되므로 폭우 및 홍수 등의 재해에 주의를 기울여야 하겠습니다.

선상강수대는 연달아 발생하는 적란운이 선처럼 길게 늘어나 길이 50~300킬로미터, 폭 20~50킬로미터 정도로 형성되는 <u>선 모양의 강수 띠</u>를 뜻합니다. 이렇게 줄지어 <u>조직화된 적란운</u> 무리가 장시간 같은 장소를 통과하거나 정체되면 엄청난 강수량을 동반하게 됩니다.

장마가 시작되어 비가 내리는 날이 많아지고 있습니다. '선상강수대'의 발생이 우려되므로 폭우 및 홍수 등의 재해에 각별한 주의가 필요합니다.

<u>발달된 적란운이 정체되면 그 지역에 강한 비를 만들어내는데</u>, 이를 선상강수대라고 합니다.

<u>적란운이 선처럼 가늘고 길게 보여서</u> 선상강수대라고 부르는 것입니다.

나쁜 예문의 '선 모양의 강수 띠' '줄지어 조직화된 적란운 무리' 등 이해하기 어려운 표현을 좋은 예문에서 '적란운이 정체되면 그 지역에 강한 비를 만들어낸다' '적란운이 선처럼 가늘고 길게 보인

다'로 수정했더니 이해하기 쉬운 문장이 되었다.

> "어느 분야든 많은 전문가가 있기 마련이다. 어떤 사람은 더 잘 배
> 우기 위해 관련 분야의 전문가에게 지도를 받거나 설명을 듣기 원
> 한다. 하지만 아이러니하게도 기대에 못 미치는 경우가 많다. 그 이
> 유는 바로 일반인이 전문용어를 알지 못한다는 사실을 잊은 채 지
> 도하고 설명하기 때문이다."
>
> _ 후지사와 고지, 『신판 '알기 쉬운 표현'의 기술』

❖ 애매한 단어는 쓰지 않는다

히가키 다카시는 『바로 돈을 버는 문장 기술』에서 "어려운 단어
뿐 아니라 쉬운 단어도 다시 한 번 생각해 보라. 이는 문장의 가능성
을 열어 가는 작업이다"라고 말했다. 그리고 이를 보다 자세히 설명
하기 위해 '부자'라는 단어를 예로 들었다.

부자의 의미를 모르는 사람은 없다. 하지만 부자의 기준은 사람마
다 다르다. 모든 사람이 부자를 같은 뜻으로 이해할 수 있게 하려면
단어나 용어를 애매하게 만들지 않는 게 중요하다. 단어에 숨어 있
는 모호함을 없애라는 말이다.

만약 '부자에 대한 글'을 쓴다면 원고 도입부에서 부자에 대한 정
의를 내려주는 게 좋다. 한 가지 예로 "노무라종합연구소가 공표한

조사 결과를 바탕으로 '금융자산 보유액 약 10억 원 이상을 가진 사람'을 부자로 정의한다"라는 식으로 말이다. 이는 글쓴이와 독자의 인식을 균등하게 만들어주는 작업으로, 간과해서는 안 되는 과정이기도 하다.

NO. 5 ONE POINT LESSON "단어"

❶ 어려운 단어는 쉬운 단어로 바꾼다.

❷ 전문용어는 설명을 덧붙인다.

❸ 애매한 단어는 쓰지 않는다.

NO. 6 비유와 예시를 적극 활용한다

6위는 '비유와 예시'에 관한 것이다. 100권의 책 가운데 비유의 중요성에 대해 언급한 책은 총 23권이었다. 견줄 비(比), 깨우칠 유(喩), 즉 비유는 '다른 것에 견주어 무언가를 깨닫게 한다'라는 뜻이다. '물은 생명의 샘이다' '내 마음은 호수와 같다'처럼 자신이 표현하고자 하는 사건, 사물, 현상, 인물 등을 다른 대상에 빗대어 설명하는 수사법으로, 강한 인상이나 깊은 잔상을 남길 수 있다는 것이 특징이다.

비유의 4가지 효과

① 쉽고 빠르게 설명해 준다.

② 난해한 내용, 복잡한 내용, 알 수 없는 내용을 이해하기 쉽게 전달해준다.

③ 독자의 상상력을 풍성하게 만들어준다. 예를 들어 "이번 신상품의 크기는 가로 10센티미터, 세로 15센티미터다"와 "이번 신상품은 엽서와 비슷한 크기다" 가운데 어느 문장이 더 쉽게 이해되는가? 당연히 후자다. '엽서'라는 단어가 곧바로 이미지화되기 때문이다.

④ 뜻을 강조해준다. 단순히 '밝은 여성'보다 '태양처럼 밝은 여성'이라고 쓰면 건강한 성격을 강조할 수 있다.

> "비유는 3행을 써야만 설명할 수 있는 것을 1행으로 설명할 수 있게 만드는 상당히 유용한 수단이다."
>
> _ 오사와 아리마사, 『소설 강좌 잘나가는 작가의 모든 기술』

> "비유를 사용하면 내용을 일일이 설명하지 않아도 된다. 단번에 끝낼 수 있다."
>
> _ 노구치 유키오, 『'초' 문장법』

❖ 활용하기 편한 수사법

직유법, 은유법, 환유법, 제유법, 풍유법, 의인법 등 비유법은 그 종류가 많다. 이 중에서 가장 일반적으로 사용되는 비유법은 '직유법' '은유법' '의인법' 3가지다.

먼저 직유법은 두 개의 사물을 직접 비교하여 표현하는 방법이다. '마치 ~처럼' '~와 같은' 등의 표현이 붙는다.

그녀는 밝은 사람이다.

⇨ 그녀는 해바라기처럼 밝은 사람이다.

깊은 이야기다.

⇨ 마치 바다처럼 깊은 이야기다.

소통은 쌍방향이다.

⇨ 소통은 캐치볼과 같은 것이다.

그가 화를 내고 있다.

⇨ 그가 호랑이 같은 무서운 얼굴로 화를 내고 있다.

이 물티슈를 사용하면 상쾌함을 느낄 수 있다.

⇨ 이 물티슈를 사용하면 마치 씻은 것과 같은 상쾌함을 느낄 수 있다.

❖ 직접적 표현이 드러나지 않는 은유법

은유법은 원관념과 보조관념을 동일한 대상으로 설명하거나 서술하는 방법이다. 직유법과 달리 '~와 같은' '~처럼'을 사용하지 않으며, 직접적인 표현이 드러나지 않는다.

그는 섬세하다.

⇨ 그의 마음은 유리 같다.

그는 내가 동경하는 사람이다.

⇨ 그는 내게 빛나는 별이다.

직원은 중요한 존재다.

⇨ 직원은 가족이다.

그의 인생에는 여러 가지 일이 있었다.

⇨ 그의 인생은 롤러코스터를 탄 듯했다.

그는 아는 게 많다.

⇨ 그는 걸어 다니는 백과사전이다.

❖ 인격이 없는 대상에 인격을 부여하는 의인법

의인법은 생물이나 사물 등 인간이 아닌 무언가를 인간의 행동에 비유해 설명하는 것이다. 한마디로 인격이 없는 대상에 인격을 부여하여 표현하는 수사법이다. 경험이나 현상을 생생하게 묘사할 때 주로 사용된다.

아주 강한 바람이 불고 있다.

⇨ 으르렁거리는 듯한 바람이 강하게 불고 있다.

꽃은 피고, 새는 운다.

⇨ 꽃은 웃고, 새는 노래한다.

당장이라도 비가 내릴 것 같다.

⇨ 당장이라도 하늘이 울음을 터트릴 것 같다.

엔진 상태가 나쁘다.

⇨ 엔진이 비명을 지르고 있다.

전구가 켜져 있다.

⇨ 전구가 쓸쓸하게 켜져 있다.

❖ 직유법과 은유법, 무엇이 다른가

타마대학교 명예교수이자 논문 지도 일인자로 알려진 히구치 유이치는 "비유를 잘 활용하고 싶다면 먼저 직유부터 사용하라"고 말한다. 문제는 많은 사람이 직유와 은유를 헷갈린다는 데 있다. 비슷하면서도 그렇지 않은 직유법과 은유법, 과연 무엇이 다를까?

앞서 말했듯이 은유법에서는 '~와 같은' '~처럼'을 사용하지 않는다. 'A는 B다'라는 식으로 단정 짓거나 강한 표현을 사용해 직유법보다 날카롭고 강한 인상을 준다. 그래서 은유법은 글쓴이의 의도와 다르게 이해되기 쉽다. 받아들이는 사람에 따라 해석이 분분한 것이다.

예문 1

아이는 미소를 지었다.

⇨ 직유법: 아이는 마치 천사처럼 미소를 지었다.

⇨ 은유법: 아이는 천사의 미소를 지었다.

예문 2

시간은 소중하다.

⇨ 직유법: 시간은 마치 금처럼 소중하다.

⇨ 은유법: 시간은 금이다.

예문 3

저 사람은 무서운 사람이다.

⇨ 직유법: 그는 악마 같은 사람이다.

⇨ 은유법: 그는 악마다.

❖ 다양한 사례를 들어 설명한다

어떤 목적이나 현상을 설명할 때 비유 없이 사실만 전달하면 문장이 딱딱해지기 쉽다. 이때 자신이 전달하고자 하는 내용과 유사한 사건이나 관련성 있는 소재를 활용하면 좀 더 부드러운 문장을 만들 수 있다.

다만 'A 현상'을 'B 현상'으로 예를 들 때는 '독자가 B 현상을 알고 있거나' 'A와 B가 비슷하다'라는 전제조건이 필요하다. 이해하기 쉽도록 다음에 나온 예문을 살펴보자.

비유가 없는 문장

다양한 개성을 가진 사람들이 힘을 합치면 강한 팀이 완성됩니다.

비유가 있는 문장

성벽을 쌓을 때는 다양한 모양의 돌이 사용됩니다. 튼튼한 성벽을 쌓으려면 각기 다른 모양을 가진 돌들의 아귀를 잘 맞춰야 하죠. 조직도 마찬가지입니다. 다양한 개성을 가진 사람들이 서로 합을 맞춰 힘을 모으면 그 어떤 조직보다 강한 팀이 될 수 있습니다.

비유가 있는 문장을 보면 "다양한 개성을 가진 사람들이 모인 조직이 더 강하다"라는 말을 성벽 쌓기에 비유했다. 또한 성벽 쌓는 방법을 모르는 사람들을 위해 그 과정에 대해서도 부연 설명했다. 다음 예문도 이와 비슷하다.

법인 결산서는 돈을 어디에 어떻게 쓰는지, 어느 정도 이익을 내고 있는지 등 회사의 업적을 숫자로 표현한 것입니다.

법인 결산서는 성적표와 같습니다. 돈을 어디에 어떻게 쓰는지, 어느 정도 이익을 내고 있는지 등 회사의 업적을 숫자로 표현한 것입니다. 공부의 성과가 숫자로 평가되는 것처럼 회사의 업적도 숫자로 평가됩니다.

'성적표'라는 비유를 활용하면 '결산서'가 무엇인지 정확히 몰라도 그 내용을 이해할 수 있다.

NO. 6 ONE POINT LESSON "비유와 예시"

❶ 가장 활용하기 편한 수사법은 직유법, 은유법, 의인법이다.

❷ 직유법과 은유법을 구분하여 적절하게 사용한다.

❸ 다양한 사례를 들어 설명한다.

**접속어는 자동차의
'방향지시등'과 같다**

      7위는 '접속어'에 관한 것이다. 접속어는 '그리고' '그러나' '그런데'와 같이 단어와 단어, 구절과 구절, 문장과 문장 사이를 이어주는 문장 성분이다. 적재적소에 들어간 접속어는 글을 자연스럽고 보기 좋게 만드는 윤활유 역할을 한다. 그리고 '뒤에 오는 문장의 전개'를 예측하게 만든다. 일례로 '그러나'가 등장하면 앞 문장과 반대되는 내용이 전개되리라는 것을 예상할 수 있다.

      만약 작성한 글의 연결이 매끄럽지 않고 뚝뚝 끊기는 느낌이라면 접속어부터 점검해 보라. 접속어를 잘못 사용했거나 반드시 넣어야 할 자리임에도 불구하고 이를 생략했을 가능성이 높다.

      다만 접속어가 없어도 문장이 자연스럽게 연결되는 경우에는 생략해도 무방하다.

접속어를 제대로 활용하려면 우선 순접(順接)과 역접(逆接)을 이해
해야 한다. 순접은 앞서 언급한 내용이 뒤에서 말할 내용의 원인과
이유가 되는 접속어다. 반면 역접은 앞서 언급한 내용을 부정하는
접속어다. 예를 들어 'A니까 B다'라는 문장을 보면, A가 B의 원인이
된 것을 알 수 있다(순접). "해가 지니까 어둠이 내린다" "배가 고프
니까 밥을 먹는다"처럼 말이다. 'A일 줄 알았는데 B가 되었다'라는
문장을 보면, A로 예상되었던 결과가 반대로 나왔음을 알 수 있다
(역접). "눈이 올 줄 알았는데 비가 왔다" "약속 시간에 늦을 줄 알았
는데 생각보다 빨리 도착했다"처럼 말이다.

> **"접속어는 '자동차의 방향지시등'과 같다. 적절한 타이밍에 정확히
> 켠 깜빡이는 독자에게 문장의 방향을 알려준다."**
>
> _ 야마구치 다쿠로, 『문장이 극적으로 좋아지는 '접속어'』.

❖ 정확한 접속어 사용은 가독성을 높인다

100권의 책 가운데 총 20권에서 접속어의 중요성을 언급했다. 이
들 책은 모두 "정확한 접속어 사용은 가독성을 높인다"라고 말한다.
전문가들은 다양한 이유를 들어 접속어 사용을 권장하고 있는데, 필
자들은 이를 크게 4가지로 정리했다.

첫째, 접속어로 문장을 연결하면 논리를 파악하며 글을 쓸 수 있다. 둘째, 적절한 접속어는 논리에 오류가 생기는 것을 방지한다. 셋째, 접속어는 문장의 연결을 매끄럽게 만든다. 넷째, 접속어 뒤에 오는 문장을 강조할 수 있다.

접속어 사용의 4가지 규칙

① 접속어가 없어도 의미가 통하는 경우 이를 생략한다.
② 순접(그래서, 그리고 등) 접속어는 생략해도 괜찮은 경우가 많다.
③ 역접(그러나, 그렇지만, 그런데 등) 접속어는 있는 편이 내용 전달에 용이하다.
④ 논문에는 필요한 곳에서만 접속어를 사용한다.

『생각하는 기술·쓰는 기술』의 저자 이타사카 겐은 "글을 쓸 때는 중요한 것을 반복하거나 '그러나' '그런데' '다음에는' '그에 반해' '이렇게 생각해 보면' 등의 연결 단어를 사용해 전체를 하나로 정리하는 게 좋다. 이는 이야기의 흐름이 끊기지 않도록 하고, 읽는 사람을 배려하는 행위다"라고 말했다. 이처럼 접속어를 많이 써야 한다고 주장하는 저자들도 있지만, 반대로 접속어는 가능한 적게 써야 한다고 주장하는 저자들도 있다. 그들은 지나친 접속어 사용은 문장을 지저분하게 만들고 오히려 글의 흐름을 방해한다고 말한다. 접속어를 사용하지 않아도 내용이 전달되는 글을 쓰는 것이 바람직하다고도 한다.

❖ 역접 접속어가 필요한 순간은 따로 있다

"접속어는 가능한 한 생략하는 편이 좋다"라고 주장하는 저자들 또한 역접 접속어의 필요성은 인정하고 있다. 역접 접속어는 '앞 문장과 반대되는 내용' 또는 '앞 문장에서 예상하지 못한 내용'이 뒤에 올 때 사용하는데, 이를 지나치게 생략하면 문장과 문장의 관계성, 전후 연결성이 잘 보이지 않는다.

주요 역접 접속어로는 '그러나' '그렇지만' '그런데' '그럼에도 불구하고' '그렇다고 해도' '~라고 하지만' '그래도' 등이 있다.

역접 접속어가 없는 문장과 있는 문장을 비교해 살펴보라.

역접 접속어가 없는 문장	역접 접속어가 있는 문장
그는 매일 10시간 공부했다. 대학입시에 실패했다.	그는 매일 10시간 공부했다. 그럼에도 불구하고 대학입시에 실패했다.
일본의 대학진학률은 증가하고 있다. OECD 국가의 평균을 밑돈다.	일본의 대학진학률은 증가하고 있다. 그러나 여전히 OECD 국가의 평균을 밑돈다.

접속어를 적절하게 사용하고 싶은가? 그렇다면 초고를 작성할 때 접속어보다 논리와 전개, 글의 흐름을 중시하라. 처음부터 숲이 아

닌 나무에만 신경을 쓰다 보면 주객이 전도되기 쉽다. 접속어는 초고를 완성한 후 점검해도 늦지 않다는 말이다.

앞서 이야기했듯 순접 접속어는 생략해도 되는 경우가 많다. 이 말을 듣고 순접 접속어를 지나치게 삭제하는 사람이 있는데 주의해야 한다. 접속어를 아무렇게나 생략하면 논리와 문장 관계가 불분명해져 본전도 못 찾는 글이 되고 만다. 생략할지 말지를 고민하게 만드는 접속어라면 그대로 두는 게 낫다.

> "논리적인 문장은 문장의 전후 관계가 명확하다. 역접 접속어는 그 관계를 만들어주기 때문에 필요한 곳에 반드시 넣어야 한다. 하지만 순접의 경우는 다르다. 순접 접속어를 생략하면 문장이 깔끔해진다."
>
> _ 오가사와라 히로야스, 『최신판 대학생을 위한 리포트와 논문 쓰는 법』

❖ 각 이야기의 줄거리를 만들어주는 접속어

마지막으로 마이니치신문 기자를 거쳐 선데이 마이니치 편집장을 역임한 저널리스트 곤도 가쓰시게는 『뭘 쓸지 떠오르지 않는 사람을 위한 문장 교실』에서 '접속어 생략 방법'에 대해 다음과 같이 설명하고 있다.

"초고는 '그리고' '또한' '게다가' 등 순접 접속어와 '그러나' '그런데' 등의 역접 접속어 그리고 원인과 결과(인과)를 설명하는 '그래서' '그러므로' '따라서' 등의 접속어가 각 이야기의 줄거리를 만들어준다. (……) 하지만 글을 다 쓰고 나면 제 역할이 끝난 접속사가 꽤 있다. 이때는 수고했다는 위로의 말과 함께 과감하게 생략한다."

NO. 7 ONE POINT LESSON "접속어"

❶ 정확한 접속어 사용은 가독성을 높인다.

❷ 역접 접속어가 필요한 순간은 따로 있다.

❸ 접속어는 각 이야기의 줄거리를 만들어준다.

PART 2

단순하지만 강력한
문장 필살기 13

아이디어가 생각날 때마다 메모하고, 노트에 적는다

8위는 '아이디어 메모'에 관한 것이다. '아이디어 카드를 만든다' '갑자기 떠오른 생각을 메모한다' '모든 정보를 한 권의 노트에 정리한다' 등 메모 방법은 제각각이지만, 대부분의 글쓰기 전문가는 '메모장 또는 노트에 정리하는 것의 중요성'을 강조했다. 정보와 재료를 모으는 작업은 글을 쓰는 토대이자 뼈대를 만드는 아주 중요한 과정이기 때문이다.

"문장 기술을 익히려는 사람은 반드시 메모장이나 노트에 아이디어를 적어 놓는 습관을 들여야 한다. (……) 자신의 생각조차 적지 못하는 사람이 어찌 다른 사람을 이해시키는 글을 쓸 수 있겠는가.

그리고 메모는 영감의 원천이다."

_ 하나무라 다로, 『지적 트레이닝의 기술(완전 독학판)』

❖ 항상 메모할 준비를 해둔다

글쓰기 전문가들은 '무엇'을 '어디'에 남기고 있을까? 그들은 갑자기 떠오르는 아이디어, 문득 깨달은 것, 해야 할 일, 일정, 발췌문, 독서 정리, 일지, 강연이나 회의 기록 등을 노트나 카드, 메모장, 스마트폰 등에 정리하고 있었다. 갑자기 떠오른 아이디어는 쉽게 사라지고, 필요할 때 다시 생각나지 않는 경우가 대부분이기 때문이다.

"아무리 좋은 생각도 그냥 두면 30초~1분 사이에 잊어버리고 만다. 무언가 떠오르면 30초 내에 메모해 놓자."

_ 가바사와 시온, 『아웃풋 트레이닝』

❖ 아이디어가 잘 떠오르는 장소를 찾는다

아이디어가 잘 떠오르는 장소에서는 메모가 필수다. 도야마 시게히코는 『생각의 틀을 바꿔라』에서 '삼상(三上)'을 말했다. 중국 북송 시대에 구양수는 훌륭한 생각이 떠오르는 장소로 마상(말에 타고 있을 때), 침상(자기 위해 누워 있을 때), 측상(화장실에 있을 때)을 삼상으로 꼽았다는 내용이다. 마상은 지금으로 말하면 출퇴근 시 이용하는 버스나 지하철이라고 할 수 있다.

앞서 소개한 『아웃풋 트레이닝』의 저자 가바사와 시온은 '창조성의 4B'에 대해 말하면서 아이디어가 잘 떠오르는 장소로 버스(Bus, 이동할 때), 침대(Bed, 자기 전이나 자고 있을 때, 일어났을 때), 욕실(Bathroom, 화장실 포함), 주점(Bar, 술을 마실 때)을 언급했다.

이처럼 아이디어가 잘 떠오르는 장소는 개인마다 다르다. 아이디어가 떠오르면 바로 메모할 수 있도록 항상 필기도구를 가지고 다니면 여러모로 도움이 된다. 특히 화장실, 침실 등 자주 또는 오래 머물러 있는 장소에는 반드시 메모 도구를 준비해 두라.

❖ 메모장과 노트를 정리해 글을 구성한다

아이디어를 적을 때는 그 순서나 당장의 활용도를 놓고 고민하지 마라. 지금 사용하지 않더라도 결정적인 순간에 도움이 되는 게 바로 아이디어 노트다. 이때 한 페이지에 여러 개의 아이디어를 적는 사람이 있는데 주의해야 한다. 정리하기도 쉽지 않을뿐더러 메모 의도를 기억하지 못하는 경우가 많다. 따라서 한 페이지에는 하나의 아이디어만 적는 '원 페이지, 원 아이디어'를 습관화하도록 한다. 메모 순서를 정하거나 각 소재별로 그룹을 나누는 일은 나중에 해도 된다.

메모의 기술을 나열한 책은 무수히 많다. 문장력을 향상시키고 싶다면 관련 도서를 찾아 읽고, 그중 자신에게 맞는 방법을 선택하는 게 바람직하다.

정보 정리를 위한 3가지 메모의 기술

① 한 페이지에 하나의 내용, 하나의 아이디어만 적는다.

② 메모장이나 노트가 꽉 차면 결이 같은 내용을 정리해 그룹을 나누거나 순서를 정한다.

③ 정리된 내용을 바탕으로 글을 쓰기 시작한다.

> "나는 소설 아이디어가 떠오르면 곧장 카드에 적는다. 동시에 다양한 아이디어가 떠올라도 한 페이지에 하나만 적는다."
>
> _ 유메마쿠라 바쿠, 『비법 '쓰는' 기술』

> "나는 쓰고 싶은 내용이 있으면 생각나는 대로 메모해 둔다. 그리고 나중에 메모장에 적힌 다양한 재료와 순서를 이리저리 변경하면서 원고를 만든다."
>
> _ 이케가미 아키라, 『쓰는 힘』

> "내가 추천하는 정보 정리법은 '직접 손으로 쓰기'와 '노트 한 권'이다. 나는 노트 한 권에 오늘의 일정을 비롯해 해야 할 일, 일지, 집

필을 위한 아이디어, 읽은 책의 발췌문, 러시아어 연습 문제를 기록

해 둔다".

_ 사토 마사루, 『찾아보는 기술·쓰는 기술』

"메모를 하게 되면 '언어화 능력이 향상'된다. (……) 메모는 곧 '언

어로 표현해야 하는 것'과 같다. (……) 노트나 스마트폰에 메모하

기 위해서는 머릿속에 떠도는 어렴풋한 생각을 '언어' 형태로 출력

해야 한다. 이와 같은 메모 습관을 들이면 단어로 표현하는 일을 멈

출 수 없게 된다."

_ 마에다 유지, 『메모의 마력』

NO. 8 ONE POINT LESSON "아이디어 카드"

❶ 항상 메모할 준비를 해둔다.

❷ 아이디어가 잘 떠오르는 장소를 찾는다.

❸ 메모장과 노트를 정리해 글을 구성한다.

**'정확성'은
글쓰기의 기본이다**

      9위는 '정확성'에 관한 것이다. 글은 대부분 정보를 전달하기 위한 것이기에 잘못된 내용을 쓰지 않도록 주의해야 한다. 이를 위해서는 무엇보다 문장 규칙에 따른 글쓰기를 해야 할 필요가 있다. 바른 문법, 바른 어휘, 올바른 맞춤법과 띄어쓰기는 기본이다. 더불어 논리적 모순이 없는 내용을 만들어내는 일도 중요하다.

> "예술적 문장이 아니라 사물과 사상을 오류 없이, 알기 쉽게 전달하는 기능적 문장이 필요한 시대다."
>
> _ 우메사오 다다오, 『지적 생산의 기술』

❖ 글은 '전달하는 힘'이 가장 중요하다

글에는 전달하는 힘이 있다. 이 힘은 정확하고 쉽게 썼을 때 강력하게 나타난다. 전문가들이 아름다운 비유나 어감보다 쉽고 정확한 문장을 강조하는 이유도 여기에 있다.

전달하는 힘을 제대로 활용하기 위해서는 무엇보다 오류 없는 메시지 전달이 중요하다. 애매한 표현, 누락된 수치, 통계 오류 등 불확실한 정보로 가득한 글을 신뢰할 사람이 몇이나 되겠는가. 전달하는 힘은커녕 '이 사람의 생각은 믿을 수 없다'라는 불신만 키울 뿐이다.

> "모든 글은 요점이 있어야 한다. 자기 마음속에 있는 것, 자신이 전달하고 싶은 내용을 간단 명료하게 전달할 수 있어야 한다. 편지를 쓸 때도 소설을 쓸 때도 마찬가지다. 특별한 다른 방법은 없다."
>
> _ 다니자키 준이치로, 『문장 독본』

❖ 읽는 사람이 오해하지 않도록 정보를 빠짐없이 쓴다

정확하고 쉬운 문장을 쓰기 위해서는 무엇보다 정보를 빠트리지 않는 게 중요하다. 사실과 다르거나 해석하는 과정에서 오해를 일으킬 수 있는 글, 즉 근거나 통계, 수치, 날짜, 장소 등이 없는 막연한 글은 신뢰를 얻기 어렵다. 예를 들어 생일 축하 파티를 위한 초대 메일을 보낸다고 하자.

○○의 생일 축하 파티를 다음과 같이 개최합니다.

- 일시: ○월 ○일 (목) 14~18시
- 가장 가까운 역: △△해변공원역
- 회비: 3만 원

○월 ○일까지 참석 여부를 메일로 알려주시기 바랍니다.

여기서 빠진 정보를 눈치챘는가? 그렇다. 장소가 없다. 꼭 필요한 정보를 빠트리면 읽는 사람은 혼란스럽다. 읽는 사람이 오해하지 않도록 정보를 빠짐없이 쓰는 게 중요하다.

❖ 문장 규칙에 따라 쓴다

쉬운 글을 쓰려면 다음 2가지 사실을 기억하고 있어야 한다. 첫째, 자신이 이해하고 있는 내용만 쓴다. 글쓴이가 전달하려는 정보를 제대로 이해하지 못한다면 상대를 설득하거나 납득시키는 글을 쓸 수 없다. 둘째, 문장 규칙을 따른다. 기본적인 문장 규칙만 따라도 누구나 잘 읽히는 글을 쓸 수 있다. 다음 예문을 보자.

내일 오키나와에 갈 예정이라 그곳에 사는 친구한테 전화를 걸었다 내일 오후 두 시에 도착하는데, 공항으로 마중 나와 줄 수 있어? 당연하지 스케줄 비우고 기다리고 있었어 2시간 전에 공항에 가 있을게 조심해서 와 응 고마워 내일 보자 아, 그런데 하네다공항에서 ○○과자 좀 사다 줄 수 있어? 나는 흔쾌히 그러마 하고 전화를 끊었다

위 예문은 기본적인 문장 규칙을 무시한 글이다. 여기서 말하는 문장 규칙은 다음과 같다. 하나, 시작하는 문장에서는 들여쓰기를 한다. 둘, 문장 끝에는 쉼표나 마침표와 같은 구두점을 찍는다. 셋, '둘'과 '2'가 혼재되어 있으므로 표기를 통일한다. 넷, 대화체에서는 큰따옴표를 사용한다. 다음은 이 규칙들을 기준으로 수정한 문장이다.

내일 오키나와에 갈 예정이라, 그곳에 사는 친구에게 전화를 걸었다.

"내일 오후 2시에 도착하는데, 공항으로 마중 나와 줄 수 있어?"

"당연하지. 스케줄 비우고 기다리고 있었어. 2시간 전에 공항에 가 있을게. 조심해서 와."

"응. 고마워. 내일 보자."

"아, 그런데 하네다공항에서 ○○과자 좀 사다 줄 수 있어?"

나는 흔쾌히 그러마 하고 전화를 끊었다.

"글쓰기에도 기술이 필요하다. 이는 조금만 노력하면 누구나 습득

할 수 있는 기술이기도 하다."

_ 혼다 가쓰이치, 『신판 일본어 작문 기술』

NO. 9 ONE POINT LESSON **"정확성"**

❶ 글은 '전달하는 힘'이 가장 중요하다.

❷ 읽는 사람이 오해하지 않도록 정보를 빠짐없이 쓴다.

❸ 문장 규칙에 따라 쓴다.

**'훌륭한 문장'은
반복해 읽는다**

10위는 '훌륭한 문장'에 관한 것이다. 글을 잘 쓰고 싶다면 모델로 삼을 만한 훌륭한 문장을 찾는 게 좋다. 뛰어난 문장을 자주 접하면 적절한 단어 사용법을 배울 수 있을 뿐 아니라 어휘력과 문장 리듬감이 좋아진다. 따라서 필사하고 싶은 문장을 찾는 게 중요하다.

'아쿠타가와상(賞)'과 '다니자키 준이치로상' 등 많은 문학상을 휩쓴 평론가이자 작가 마루야 사이이치는 『문장 독본』을 통해 "우리는 새로운 단어를 창조할 수 없다. 할 수 있는 일이라고는 그저 이전부터 존재하던 단어를 조합해 새로운 문장을 쓰는 것뿐이다"라고 이야기했다. 맞는 말이다.

SNS를 중심으로 날마다 새로운 줄임말과 신조어가 생겨나고 있지만 이를 제대로 된 단어라고 말할 수는 없다. 앞서 글은 누가 읽어도 이해가 되어야 한다고 말했다. 10대가 주로 사용하는 은어로만 글을 쓴다고 생각해 보라. 이를 제대로 이해하는 중장년이 몇이나 되겠는가.

❖ 읽는 방법을 바꿔라

어휘를 늘리거나 문장의 리듬감을 익히기 위해 또는 독서를 즐기기 위해 다양한 책을 읽는 것은 바람직한 자세다. 그러나 문장 기술을 익히고 싶다면 읽는 방법을 바꿔야 한다. 다독보다는 '마음에 드는 책' 또는 '문장력이 뛰어난 책'을 반복해 읽고, 이를 자신의 것으로 만드는 게 더 중요하다.

스포츠 선수나 프로 연주자를 보면 같은 동작을 반복하며 기술을 익힌다. 문장도 마찬가지다. 같은 책을 반복해 읽다 보면 자신도 모르는 사이 문장력이 향상되는 것을 알 수 있다. 좋아하는 작가가 없거나, 책과 담을 쌓고 지내는 사람이라면 많은 이들의 입에 오르내리는 책을 중심으로 선택하면 된다.

무라카미 하루키의 『젊은 독자를 위한 단편소설 안내』를 읽어 본 적이 있는가? 이 책에는 그가 미국 학생들을 대상으로 일본 문학을 가르칠 당시의 에피소드가 등장한다. 그는 수강생들의 문장력을 향상시키기 위해 다음 3가지를 주문했다고 한다. 첫째, 텍스트를 반복해서 읽어라. 둘째, 그 텍스트를 좋아하려고 노력하라. 셋째, 궁금한 부분은 목록으로 정리해 두라.

이 3가지 주문은 무라카미 하루키 본인이 독서할 때 참고하는 방법이자 전업 작가로서 항상 염두에 두는 포인트이기도 하다. 세계적인 베스트셀러 작가도 이럴진대, 일반인인 우리는 말해 무엇하겠는가. 좋아하는 작가의 글이 있다면 한 번으로 끝내지 말고 읽고 또 읽어라. 그러다 보면 어느 순간 책 속의 훌륭한 문체가 내 안으로 들어오는 순간이 있을 것이다.

NO. 10 ONE POINT LESSON "문장"

❶ 베끼어 쓰고 싶은 훌륭한 문장을 찾는다.

❷ 마음에 드는 책은 반복해 읽는다.

NO. 11 주어와 서술어는 한 쌍이다

11위는 '주어와 서술어의 위치 관계'다. 기본적으로 문장은 주어와 서술어로 이루어진다. 주어는 설명의 주체가 되는 단어로 '누가' '무엇이'가 여기에 해당된다. 서술어는 주어를 받아서 설명하는 단어로, '어떻게 했다(어떻게 한다)'가 여기에 해당된다. 좀 더 쉽게 설명하면 동작, 작용, 성질, 상태 등을 나타낸다고 할 수 있다.

주어와 서술어는 문장의 틀을 만든다. 그리고 각 주어에는 서로 짝이 맞는 서술어가 존재한다. 이 같은 주어와 서술어의 짝짓기를 주어와 서술어의 '일치' 또는 '호응'이라고 한다. 글쓰기를 지도하다 보면 종종 어색하고 부자연스러운 문장을 만나게 된다. 그런데 신기하게도 글쓴이가 어떤 말을 하려는 것인지, 무슨 의도로 이 글을 썼

느지는 파악할 수 있다. '문장은 어색한데 그 내용이 전달된다?' 주어와 서술어가 일치하지 못할 때 나타나는 현상이다. 한마디로 주어와 서술어가 호응하지 않거나, 주어와 서술어가 멀리 떨어져 있거나, 주어가 없는 경우 어색한 글이 되는 것이다.

주어와 서술어의 3가지 기본 조합

주어		서술어
무엇이(누가) 새가	⇨	어찌하다 운다
무엇이(누가) 하늘이	⇨	어떠하다 흐리다
무엇이(누가) 이것은	⇨	무엇이다 책이다

❖ 주어와 서술어를 호응하게 한다

하나의 주어와 하나의 서술어로 이루어진 문장을 '단문'이라고 한다. 군더더기 없고 깔끔한 글, 전달력이 좋은 글을 보면 대부분 단문 형태로 이루어져 있다. 글쓰기가 어색한 사람일수록 한 문장에 하나의 내용, 한 개의 메시지만 담겠다는 생각으로 글을 쓸 필요가 있다. 불필요한 꾸밈말은 주어와 서술어를 어긋나게 만들기 때문이다. 다음 예문을 보자.

나는 결혼기념일에 식사를 하고 싶었고, 레스토랑은 바닷가에 있습니다.

나쁜 예문을 보면 '나는 결혼기념일에 식사를 하고 싶다'와 '레스토랑은 바닷가에 있다'라는 두 문장이 섞여 있다. 이처럼 주어와 서술어가 2개씩 섞여 있으면 문장의 흐름이 매끄럽지 않고 의미 전달도 불분명해진다.

나는 결혼기념일에 식사를 하고 싶습니다. 바닷가에 위치한 레스토랑에서 말입니다.

이에 좋은 예문에서는 문장을 2개로 나눠 각각의 주어와 서술어를 호응하게 만들었다.

❖ 주어와 서술어는 가까이 놓는다

주어와 서술어가 멀리 떨어져 있으면 어떤 주어가 어떤 서술어에 호응하는지 알기 어렵다. 따라서 주어와 서술어는 가능한 한 가깝게 두어야 한다.

X 나쁜 예문

야마다는 아이들이 숲속에 설치하는 여름학교, 즉 임간학교에 가지 않는다는 사실을 알고, 주말에 날씨가 좋으면 사토를 불러 다카오산에 가자고 말했다.

나쁜 예문을 보면 주어인 '야마다는'에 호응하는 서술어가 멀리 떨어져 있다. '가지 않는다' '불러' 등 다른 서술어 때문에 '야마다는'에 호응하는 서술어가 무엇인지 알기 어렵다.

O 좋은 예문

아이들이 숲속에 설치하는 여름학교인 임간학교에 가지 않았다. 주말에 날씨가 좋으면 사토를 불러 다카오산에 가자고 야마다가 말했다.

좋은 예문에서는 주어인 '야마다'와 호응하는 서술어 '말했다'를 가까운 위치로 옮겼다. 그 결과 주어가 어떤 서술어에 호응하는지 분명하게 알 수 있다.

❖ 주어를 마음대로 생략하지 않는다

주어를 생략하면 '무엇이' '무엇은'이 없기 때문에 문장이 불분명하고 모호해진다. 다음 예문을 보자.

2100년에는 109억 명이 될 것으로 예상됩니다.

'무엇이' 109억 명이 된다는 것인지 알 수 없는 예문이다. 이런 경우 주어를 넣어 '무엇에 대해 말하는지' 명확하게 만들어야 한다. 다음 예문을 보자.

2100년에는 세계 인구가 109억 명이 될 것으로 예상됩니다.

이처럼 주어와 서술어가 명확해지면 문장도 분명해진다. 다만 반복되는 주어는 생략하는 게 좋다.

NO. 11 ONE POINT LESSON "주어와 서술어"

❶ 주어와 서술어를 호응하게 한다.

❷ 주어와 서술어는 가능한 한 가깝게 둔다.

❸ 주어를 마음대로 생략하지 않는다.

NO. 12 사전을 활용해 어휘력을 키운다

12위는 '사전과 어휘력'에 관한 것이다. 100권의 책 가운데 사전과 어휘력의 중요성에 대해 언급한 책은 총 18권이다. 참고로 어휘는 일정 범위에서 쓰이는 단어의 총체를 뜻하고, 어휘력은 어휘를 마음대로 부릴 수 있는 능력, 즉 단어를 시의적절한 곳에 사용할 수 있는 능력을 말한다.

❖ 어휘력을 키우면 설명하는 기술이 좋아진다

글쓰기 전문가들이 "어휘력을 키워라"라고 말하는 데는 3가지 이유가 있다.

첫째, 정확한 설명을 위해서다. 사람, 사건, 사물, 상황 등을 설명할 때 시의적절한 단어를 고르면 자신은 물론 상대방에게도 그 내용을 정확히 알릴 수 있다. 둘째, 이해력을 위해서다. 어휘가 늘면 독서를 하거나 타인의 이야기를 들을 때 관련 내용을 쉽게 파악할 수 있다. 셋째, 표현력을 위해서다. 어휘력을 키우면 글을 쓸 때 같은 단어를 사용하는 빈도수가 줄고 새로운 비유와 해석으로 표현력이 풍부해진다.

X 나쁜 예문

영화 〈카메라를 멈추면 안 돼〉는 재미있었다. 특히 마지막 장면이 재미있었다. 적극적으로 추천하고 싶은 작품이다.

O 좋은 예문

영화 〈카메라를 멈추면 안 돼〉는 재미있었다. 특히 마지막 장면이 압권으로 꿀잼을 보장하는 작품이다.

① 재미있었다 → 압권이다

나쁜 예문에서는 '재미있었다'는 표현이 2번 반복되고 있다. 글을 쓸 때는 같은 단어의 사용을 자제하고, '어떻게 재미있는지'를 다양하고 구체적으로 설명하는 게 좋다.

② 적극 추천 → 꿀잼 보장

'적극 추천'도 나쁜 표현은 아니지만 특별한 인상을 주지는 못한다. '평범한 표현은 거부한다'라는 생각으로 단어를 바꿔 보자.

> "아무리 능력이 좋은 사람일지라도 배려가 부족하거나 서툰 표현을 사용하면 '수준이 낮다'라는 평가를 받는다."
>
> _ 야마구치 요지, 『어휘력이 없는 채로 사회인이 된 사람에게』

❖ 모르는 단어가 나오면 바로 사전을 찾는다

어휘력을 키우고 싶을 때 가장 도움이 되는 게 무엇인 줄 아는가? 바로 '사전'이다. 사전의 장점은 무궁무진하지만 크게 다음 4가지로 정리할 수 있다.

첫째, '동음이의어'로 고민될 때 정확한 의미를 확인할 수 있다. 예를 들어 '이상'이라는 단어를 보자. 수량이나 정도가 일정 기준보다 많을 때 사용하는 이상(반대말 이하)이 있고, 별나거나 색다름을 나타내는 이상(반대말 정상)이 있다. 이처럼 소리는 같지만 전혀 다른 뜻을 지닌 단어를 사용할 때 사전을 활용하면 오류 없는 문장을 만들 수 있다. 둘째, 단어의 정확한 뜻을 알 수 있다. 의미가 불분명한 단어, 틀린 단어를 사용한 문장은 제대로 전달되지 못한다. 글을 쓰다가 '이 표현에 이 단어가 맞을까?'라는 생각이 들면 사전을 찾아보

라. 셋째, 단어의 정확한 사용법을 알 수 있다. 대부분의 사전에는 '쓰고 있는 예', 즉 용례가 나온다. 용례를 살펴보면 보다 정확한 단어 사용법을 익힐 수 있다. 넷째, 어휘력을 키울 수 있다. 신문이나 책을 읽을 때, 다른 사람과 대화를 나눌 때 모르는 단어가 나오면 반드시 사전을 찾아보는 습관을 들여라. 자신도 모르는 사이 어휘가 풍부해졌음을 느낄 수 있을 것이다.

> "오늘 이후로 글을 쓸 때는 책상 위에 사전을 놓길 권한다. '이 표현이 맞나?' '이런 뜻으로 사용해도 괜찮은 단어인가?'라는 의문이 생기면 곧바로 사전을 펼쳐야 한다. 이런 수고가 글쓴이에 대한 평가를 좌우할 수 있음을 기억하길 바란다."
>
> _ 기노시타 고레오, 『과학 글쓰기 핸드북』

❖ 종이 사전과 온라인 사전을 구분해 쓴다

전자 사전, 인터넷 사전, 모바일 사전 등 온라인 사전이 종이 사전의 자리를 대신하는 시대가 도래했다. 이토록 편리한 사전을 제대로 활용 하기 위해서는 무엇보다 각각의 특징을 파악해야 한다.

먼저, 종이 사전의 가장 큰 특징은 한눈에 들어온다는 것이다. 궁금한 단어를 찾는 과정에서 다른 단어들도 접하게 되므로 더 많은 어휘를 익힐 수 있다는 장점이 있다. 기억하고 싶은 단어에는 포스트윗을 붙여 두거나 형광펜으로 표시해 놓을 수 있으며, 보충하고 싶은 정보를 메모해 둘 수도 있다.

둘째, 전자 사전의 가장 큰 특징은 검색 기능이라고 할 수 있다. 휴대가 간편하며 글자 크기를 확대할 수 있는 것도 장점이다.

셋째, 모바일 사전의 가장 큰 특징은 '스마트폰과의 연동'이라고 할 수 있다. 다양한 서비스를 제공하고 있는 것도 장점인데 특히 외국어 사전의 경우 발음 듣기, 회화, 예문, 문자 입력기 등을 통해 온라인 학습 서비스까지 선보이고 있다.

비슷한 뜻을 가진 단어를 정리해놓은 '유의어 사전'을 추천하는 책도 눈에 띈다. 일례로 유의어 사전에서 '떨어지다'를 찾으면 '내리다' '추락하다' '흐르다' '곤두박질하다' '낙하하다' 등의 단어들이 나온다. 같은 단어가 반복되는 게 싫거나, 비슷한 뜻을 다르게 표현하고 싶다면 유의어 사전을 활용해 보라. 생각보다 많은 도움이 될 것이다.

NO. 12 ONE POINT LESSON "사전"

❶ 어휘력을 키우면 설명하는 기술과 이해력, 표현력이 좋아진다.

❷ 모르는 단어가 나오면 바로 사전을 찾는다.

❸ 종이 사전과 온라인 사전을 구분해 쓴다.

NO. 13 쉼표와 마침표를
대충 찍지 않는다

13위는 문장의 경계를 구분하기 위해 사용되는 '구두점'에 관한 것이다. 문장에서 뜻이 끊어지는 곳을 구(句, 글귀 구), 구 가운데서 가독성을 위해 문장 중간에 끊는 곳을 두(讀, 구절 두)라고 하는데, 이 둘을 합쳐 '구두점'이라고 부른다. 구점(마침표)은 문장 마지막에, 두점(쉼표)은 문장 중간에 찍는데, 이는 문맥의 의미를 명확히 하고 건조한 문체에 리듬감을 주는 역할을 한다.

"문장력을 키우고 싶다면 일상적인 메모를 하거나 개인적인 내용을 기록할 때도 구두점에 신경 써야 한다."

_ 도야마 시게히코, 『지적인 문장 기술』

❖ 쉼표 사용에도 나름의 규칙이 있다

'마침표는 문장 끝에 찍는다'라는 사실을 모르는 이는 없다. 글을 쓸 때 사람들이 망설이는 것은 쉼표의 위치다. 그런데 쉼표 사용에도 나름의 규칙이 있다는 사실을 알고 있는가? 다음 예문을 보자.

X 나쁜 예문

태어나서 처음으로 프랑스 풀코스 요리를 먹고 감격했습니다.

앞선 예문은 프랑스 요리를 먹어 본 경험이 있는데 그 맛에 '처음으로 감격했다'라는 것인지, 프랑스 요리 자체를 '처음 먹어 봐서 감격했다'라는 것인지 모호하다. 다음에 나오는 수정 예문을 보자.

O 좋은 예문 1

태어나서 처음으로, 프랑스 풀코스 요리를 먹고 감격했습니다.

O 좋은 예문 2

태어나서 처음으로 프랑스 풀코스 요리를 먹고, 감격했습니다.

'풀코스로 된 프랑스 요리를 먹어 본 적은 있지만, 태어나서 처음으로 그 맛에 감격했다'라고 표현하고 싶을 때는 예문 1처럼 '처음으로' 뒤에 쉼표를 찍는다. '난생처음 프랑스 풀코스 요리를 먹었다.

그리고 감격했다'라고 표현하고 싶을 때는 예문 2처럼 '먹고' 뒤에 쉼표를 찍는다. 물론 쉼표를 찍지 않았다고 해서 틀린 문장은 아니다.

그렇다면 도대체 쉼표는 언제, 어떻게 사용해야 하는 것일까? 쉼표 사용에 어려움을 느끼는 사람들을 위해 다음과 같이 '15가지 쉼표 규칙'을 정리해 놓았다.

오해가 생기지 않는 글쓰기를 위한 15가지 쉼표 규칙

① 같은 자격의 어구를 열거할 때 그 사이에 쓴다.
  - 근면, 검소, 협동은 우리 겨레의 미덕이다.

② 짝을 지어 구별할 때 쓴다.
  - 한국과 일본, 필리핀과 베트남은 각각 동북아시아와 동남아시아에 있는 국가들이다.

③ 이웃하는 수를 개략적으로 나타낼 때 쓴다.
  - 이 책은 4, 5세 정도의 아이에게 적합한 내용을 담고 있다.

④ 열거 순서를 나타내는 어구 다음에 쓴다.
  - 다음으로, 애국가 제창이 있겠습니다.

⑤ 문장의 연결 관계를 분명히 하고자 할 때 절과 절 사이에 쓴다.
  - 설날을 대표하는 음식 떡국, 이걸 먹어야 비로소 나이를 한 살 더 먹는다고 한다.

⑥ 같은 말이 되풀이되는 것을 피하기 위해 일정 부분을 줄이거나 열거할 때 쓴다.

- 사람은 평생 음식물을 섭취, 소화, 배설하면서 살아간다.

⑦ 누군가를 부르거나 누군가에게 대답하는 말 뒤에 쓴다.

- 네, 지금 가겠습니다.

⑧ 곧, 즉, 다시 말해 등과 같은 어구로 앞 내용을 다시 설명할 때 쓴다.

- 책의 서문, 즉 머리말에는 책을 쓴 이유가 있다.

⑨ 문장 앞부분에서 조사 없이 쓰인 제시어나 주제어 뒤에 쓴다.

- 열정, 이것이야말로 젊은이의 가장 소중한 자산이다.

⑩ 한 문장에 같은 의미의 어구가 반복될 때 앞에 오는 어구 다음에 쓴다.

- 그의 애국심, 몸을 사리지 않고 국가에 헌신한 정신을 우리는 본받아야 한다.

⑪ 도치문에서 도치된 어구 사이에 쓴다.

- 비가 세차게 내렸다, 오전에도.

⑫ 바로 다음 말과 직접적 관계에 있지 않음을 나타낼 때 쓴다.

- 철원과, 대관령을 중심으로 한 강원도 산간 지대에 예년보다 일찍 첫 눈이 내렸습니다.

⑬ 문장 중간에 끼어든 어구 앞뒤에 쓴다.

　- 나는, 솔직히 말하면, 그 말이 별로 탐탁지 않아.

⑭ 특별한 효과를 위해 끊어 읽는 곳을 나타낼 때 쓴다.

　- 이 전투는 바로 우리가, 우리만이, 승리로 이끌 수 있다.

⑮ 더듬는 말을 표시할 때 쓴다.

　- 제가 정말 하, 합격이라고요?

"쉼표는 알기 쉬운 곳에 찍으면 된다."

_ 곤도 가쓰시게, 『뭘 쓸지 떠오르지 않는 사람을 위한 문장 교실』

❖ 리듬감이 좋은 곳, 호흡하기 적당한 곳에 구두점을 찍는다

글을 쓰는 데 익숙해지면 문장의 리듬감과 호흡하는 부분을 의식하며 쉼표를 찍게 된다. 하지만 여전히 쉼표의 위치를 찾는 게 쉽지 않다면 문장을 소리 내어 읽어 보라. 큰 소리로 문장을 읽으면서 '쉼표를 찍어도 가독성이 떨어지지 않는지' '오해를 불러일으키는 부분은 없는지' 확인하는 것이다.

"구두점은 도저히 합리적으로 사용할 수가 없다. (……) 독자가 호흡하기 좋은 곳에 찍으려고 한다."

_ 다니자키 준이치로, 『문장 독본』

"단숨에 읽히기 바라는 곳에는 구두점을 찍지 않는다. 자연스럽게 글의 리듬을 타며 숨을 한번 내뱉고 싶은 곳에 구두점을 찍는 게 내 원칙이다."

_ 히가키 다카시, 『바로 돈을 버는 문장 기술』

NO. 13 ONE POINT LESSON "쉼표와 마침표"

❶ 쉼표 사용에도 나름의 규칙이 있다.

❷ 쉼표를 찍지 않았다고 해서 틀린 문장은 아니다.

❸ 리듬감이 좋은 곳, 호흡하기 적당한 곳에 구두점을 찍는다.

단락은
자주 바꾼다

14위는 '단락'에 관한 것이다. 단락은 문장을 모아 만든 하나의 조직체로, 생각이나 주장을 표현하는 최소 단위라고 할 수 있다. 그리고 이 단락을 나누는 게 바로 행갈이다.

글을 쉽고 정확하게 전달하는 데 있어 행갈이의 역할은 매우 크다. 행갈이, 즉 단락 없이 문장이 계속 이어진다면 어떻게 되겠는가? 독자는 글의 내용이 어디서, 어떻게 끊기는지 알 수 없어 이해하는 데 어려움을 느낄 것이다. 여백 하나 없이 가득 들어찬 글자를 보면 답답함을 느껴 읽는 것 자체를 포기할 수도 있다.

단언컨대 단락 하나만 잘 나눠도 글의 수준이 몰라보게 달라진다. 이토록 중요한 단락을 자신의 기분에 따라 아무렇게 나누는 사람이 있는데, 구두점이 그렇듯 단락 나누기 역시 나름의 규칙이 있다.

단락을 나누는 3가지 규칙

① 문장을 시작할 때는 들여쓰기를 한다.

② 행갈이를 통해 단락을 나눈다.

③ 행갈이 후 새로운 단락을 시작할 때 들여쓰기를 한다. 다만 웹(Web)이나
   SNS에서는 들여쓰기를 하지 않아도 된다.

❖ 글의 내용이나 호흡이 끊기는 부분에서 행갈이를 한다

일반적으로 단락은 '긴 문장을 내용에 따라 나눈 것'을 뜻한다. 이 말은 곧 하나의 메시지와 그를 뒷받침하는 내용 전달이 끝났을 때 행갈이를 해야 한다는 의미다. 다음 예문을 보자.

X 나쁜 예문

생후 2개월 된 새끼 고양이 3형제를 분양 받았다. 그중 2마리는 활발하게 돌아다녔다. 하지만 체중이 2마리의 절반 수준밖에 안 되는 막내는 달랐다. 사료도 먹지 않고 눈곱이 잔뜩 낀 채로 돌아다니는 모습이 금방이라도 쓰러질 것 같았다. 연약한 막내 고양이를 데리고 수의사한테 갔다. 고양이를 살펴본 수의사는 "탈수네요. 2시간마다 젖병으로 우유를 먹이세요"라고 말했다. 그의 지시대로 했더니 막내 고양이가 부쩍 건강해졌다.

○ 좋은 예문

생후 2개월 된 새끼 고양이 3형제를 분양 받았다.

그중 2마리는 활발하게 돌아다녔다. 하지만 체중이 2마리의 절반 수준
밖에 안 되는 막내는 달랐다. 사료도 먹지 않고 눈곱이 잔뜩 낀 채로 돌아다
니는 모습이 금방이라도 쓰러질 것 같았다.

연약한 막내 고양이를 데리고 수의사한테 갔다. 고양이를 살펴본 수의사
는 "탈수네요. 2시간마다 젖병으로 우유를 먹이세요"라고 말했다.

그의 지시대로 했더니 막내 고양이가 부쩍 건강해졌다.

나쁜 예문을 보면 첫 문장부터 들여쓰기가 안 되어 있고, 행갈이
도 없어서 하나의 덩어리처럼 느껴진다. 이는 문장력을 떠나 가독성
을 떨어뜨리는 첫 번째 원인이다. 이에 좋은 예문에서는 들여쓰기를
한 후 시간의 흐름에 따라 4개의 단락으로 나누었다. 분명 같은 내용
임에도 불구하고 전혀 다른 느낌을 주지 않는가? 이처럼 글은 아주
사소한 것에도 많은 영향을 받는다.

작가 이노우에 히사시는 "단락은 생각을 하나로 정리한 것이다"
라고 정의하며 글쓴이와 독자의 호흡을 맞추라고 조언한다. 호흡이
맞으면 읽은 사람을 쉽게 글 속으로 끌어당길 수 있다고 이야기한다.

❖ 행갈이는 '5, 6행' '200~250자 내외'가 적당하다

글쓰기 전문가들은 행갈이 기준을 '5, 6행' '200~250자 내외'로 잡고 있다. 따라서 내용의 변화가 크지 않더라도 문장이 길면 행갈이를 하는 게 좋다. 한 문장으로 끝나는 문단이라도 내용이 달라지면 과감하게 행갈이를 해보라. 가독성이 좋아짐을 느낄 수 있을 것이다.

"최대 5행을 기준으로 행갈이를 하는 편이 좋다."

_ 고가 후미타케, 『스무 살의 내게 권하고 싶은 문장 강의』

"문장이 길어질 경우 5, 6행 정도 적당한 곳에서 행갈이를 한다."

_ 스쿨 도쿄, 『'악문과 난문을 졸업하다' 정확한 글을 쓰는 법』

"한 단락은 대략 200~300자 정도가 표준이라고 생각한다."

_ 도야마 시게히코, 『지적인 문장 기술』

❖ 블로그나 SNS에서는 2, 3행을 기준으로 행갈이를 한다

블로그와 SNS 게시물의 행갈이 규칙은 인쇄물과 다르다. 컴퓨터와 스마트폰용 게시글의 경우 행갈이 빈도수가 높은 것이 특징이다. 전문가들은 대략 2, 3행을 기준으로 본다.

"스마트폰으로 기사를 보면 보통 2, 3행으로 한 단락이 이루어진다. 그리고 단락과 단락 사이에는 빈 행이 있다."

_ 고구레 마사토·마쓰유, 『노트로 시작하는 새로운 아웃풋 교실』

NO. 14 ONE POINT LESSON **"단락"**

❶ 글의 내용이나 호흡이 끊기는 부분에서 행갈이를 한다.

❷ 행갈이는 '5, 6행' '200~250자 내외'가 적당하다.

❸ 블로그나 SNS에서는 2, 3행을 기준으로 행갈이를 한다.

일단
많이 써 본다

15위는 '쓰는 습관'에 관한 것이다. 문장력을 향상시키고 싶다면 일단 써라. 뭐든지 쓰다 보면 자연스럽게 문장력이 좋아지고 쓸 내용도 정리된다. 사이클, 달리기, 헬스 등 스포츠를 보라. 평소 훈련해 놓지 않으면 중요한 순간 제 기량을 발휘하기 어렵다. 글도 마찬가지다. 무언가를 계속 쓰지 않으면 문장력을 키울 수 없다. 칼을 사용하지 않으면 녹이 스는 것처럼 평소 사용하지 않는 문장은 무뎌지기 마련이다.

"단어 선택에 자신이 없어도 괜찮다. 계속 아웃풋을 해야 한다. 일단 양을 쌓아 놓아야 질도 높아진다. (……) 카피라이터도 100개,

1,000개의 광고 문안을 써 보기 때문에 좋은 카피가 뭔지 알 수 있는 것이다."

_ 미우라 다카히로, 『언어화의 힘』

"글 쓰는 일은 이야기하고, 듣고, 읽는 것처럼 자연발생적인 게 아니다. 노력을 통해 몸에 익히는 능력으로, 자주 사용하지 않으면 바로 둔해지는 성가신 능력이기도 하다."

_ 이노우에 히사시, 『손수 만든 문장 독본』

❖ 시간을 정해 놓고 매일 쓴다

글쓰기에 익숙해지려면 매일 일정한 시간을 할애할 필요가 있다. 하루 20~30분이라도 정해진 시간에 손을 움직여 글을 써야 한다는 말이다. 실제로 작가 우노 치요는 무슨 일이 있어도 매일 책상 앞에 앉는다. 그러다 보니 자연스럽게 글을 쓸 수 있었다고 고백한다. 일명 '글쓰기의 습관화'다.

문제는 글쓰기와 별로 상관없는 일반인이다. 그나마 젊은 세대는 소셜 미디어를 통해 짧은 글쓰기에 익숙하지만, 블로그나 SNS를 하지 않는 사람들은 평소 글을 쓸 일이 별로 없다. 성인이 된 후 자기소개서 외에 글을 써 본 적이 없다고 실토하는 사람이 적지 않은 이유다. 그렇다면 신문이나 잡지, 인터넷에 투고를 하거나 일기를 쓰는 것도 방법이다. 전문가들은 여기에 더해 영화나 연극, 책의 감상문 정리 등을 권한다. 하지만 이마저도 어렵고 귀찮게 느껴진다면 블로그에 일기를 쓰거나 지인에게 엽서나 편지 또는 이메일이라도 보내면서 글을 쓸 기회를 만들어야 한다. 어떤 글을 쓰느냐는 중요하지 않다. 조금씩이라도 '매일 꾸준히 글을 쓰는 행위'에 초점을 맞춰야 한다.

> "신문 기자를 꿈꾸는 사람들에게 나는 늘 일기를 쓰라고 권한다. 댄서들을 보라. 그들은 하루만 쉬어도 처음부터 다시 시작해야 한다. 쓰는 연습도 마찬가지다. 뭐든 좋다. 그날 일에 대해 쓰는 훈련을 지속적으로 해야 한다."
>
> _ 다쓰노 가즈오, 『문장 쓰는 법』

❖ 잘 썼든 못 썼든 스스로를 격려한다

이런 말을 하면 "그것도 어느 정도 문장력이 되는 사람들이나 할 수 있는 일이다"라고 토로하는 이가 적지 않다. 문장력을 기르고 싶다면 앞서 이야기한 것처럼 일단 꾸준히 써라. 그리고 자신의 글을 객관적으로 바라볼 수 있는 시선을 키워라.

글을 객관적으로 바라보기 위해서는 어느 정도 시간이 지난 후 다시 읽어 볼 것을 권한다. 최소 하룻밤이라도 지낸 뒤 자신이 쓴 글을 다시 읽어 보라. 감정에 도취되거나 분노에 휩싸여 쓴 글이라면 이때보다 냉정한 시선으로 바라볼 수 있게 된다. 문장과 어구의 오류, 논리와 구조의 오류 등을 발견하는 것은 덤이다.

더불어 글쓰기 훈련을 하는 동안 주의할 점이 하나 있다. 적어도 자기비하는 하지 말라는 것이다. 매일 글쓰기 훈련을 하는데도 좀처럼 실력이 나아지지 않으면 "나는 글쓰기에 소질이 없구나" "헛수고만 하는 것 아닌가 몰라" 등 부정적인 생각에 빠지기 쉽다.

모든 일이 그렇듯 의욕을 꺾는 생각은 도움이 되지 않는다. "내일은 더 나아질 거야"라며 스스로 격려하고 꾸준히 쓰다 보면 분명 좋은 결과가 있을 것이다.

NO. 15 ONE POINT LESSON "쓰는 습관"

❶ 시간을 정해 놓고 매일 쓴다.

❷ 잘 썼든 못 썼든 스스로를 격려한다.

가독성을 떨어뜨리는 수식어는 고친다

16위는 '가독성과 수식어'에 관한 것이다. '수식어'는 문장을 장식하는 표현이다. 한 마디로 수식어는 주어와 서술어의 내용을 아름답고 감동적으로 만들거나 개성 있고 명확하게 설명하는 꾸밈말이다. 한 가지 예로 '빨간 꽃이다'에서 '빨간'은 수식어, '꽃'은 수식을 받는 '피수식어'다. 이처럼 하나의 수식어가 사용된 문장, 즉 수식어가 단순하고 그 수가 적은 문장은 뜻도 명료하다. 반면 수식어가 많으면 문장이 복잡해진다.

다른 단어를 설명하는 수식어는 그 특성상 사용 빈도수가 높다. 그러므로 읽는 사람이 내용을 오류 없이 받아들이고, 글을 읽고 헤매지 않도록 제대로 사용하는 게 중요하다.

"간결하고 명확한 문장을 쓰기 위해 불필요한 수식어는 사용하지 않는다. (……) 삭제해도 의미가 변하지 않고 오히려 문장이 깔끔해지는 수식어는 생략한다."

-스쿨 도쿄, 『'악문과 난문을 졸업하다' 정확한 글을 쓰는 법』

❖ 수식어와 피수식어는 가깝게 둔다

수식어와 피수식어가 멀리 떨어져 있으면 문장의 의미가 불분명해지기 쉽다. 다음 예문을 보자.

X 나쁜 예문

원고를 인쇄소에 넘겨줄 때까지 시간이 별로 없어서, 서둘러 내가 마무리한 원고를 편집자가 훑어보았다.

나쁜 예문에서는 '서둘러'가 '(내가)마무리한'과 '(편집자가)훑어보았다' 양쪽 서술어에 걸리는 위치에 있다. 수식어는 피수식어와 가까운 위치에 두어야 한다. 그렇게만 해도 수식어가 어디에 걸리는지 분명해진다.

예문에서 저자가 서두른 경우라면 "내가 서둘러 마무리한 원고를 편집자가 훑어보았다"가 되어야 한다. 한편 편집자가 서두른 경우라면 "내가 마무리한 원고를 편집자가 서둘러 훑어보았다"가 되어야 한다. 이처럼 문장을 쓸 때는 수식어가 어떤 단어에 걸리는지 계속 의식하는 게 중요하다.

❖ 긴 수식어는 좀 떨어져 있어도 괜찮다

하나의 문장에 수식어가 여러 개 있거나, 하나의 어구에 수식어가 몇 개 걸리는 경우 더욱 주의를 기울여야 한다.

X 나쁜 예문

지하철에서 만난 사람은 <u>옛날</u> <u>손목시계를 좋아하던</u> 친구였다.

나쁜 예문에는 '옛날'과 '손목시계를 좋아하던'이라는 2개의 수식어가 있다. 수식어가 2개 얽혀 있어서 '옛날'이 '손목시계'에 걸리는지, '친구'에 걸리는지 모호하다. 이처럼 복수의 수식어가 하나의 단어에 걸리는 경우라면 다음의 공식을 활용한다. '긴 수식어는 피수식어와 떨어진 곳에, 짧은 수식어는 피수식어와 가까운 곳에 둔다'가 바로 그것이다.

지하철에서 만난 사람은 손목시계를 좋아하던 옛날 친구였다.

　　긴 수식어　　　　　↑

　　　　　　짧은 수식어

❖ 수식어가 많을 때는 문장을 나눈다

수식어가 여러 개 있는 다음 예문을 보자.

어제 소개한 히구치 씨는 2년 전, 프랑스를 여행할 때 파리에서 만난 다나카 씨의 고등학교 은사입니다.

긴 수식어와 함께 주어, 서술어가 뒤섞여 있는 예문이다. 이처럼 수식어가 길면 문장이 머릿속에 잘 들어오지 않는다. 예문처럼 긴 수식어에다 주어와 서술어까지 뒤섞여 있으면 더욱 혼란스럽다. 자 칫하면 '히구치 씨는 2년 전에 프랑스 여행을 했다'라는 오해를 불러일으킬 수도 있는 것이다. 이에 문장을 짧게 끊어 간결하게 만들어 보려고 한다.

2년 전, 프랑스를 여행할 때 파리에서 다나카 씨를 만났습니다. 어제 소개한 히구치 씨는 그때 만난 다나카 씨의 고등학교 은사입니다.

❖ 형용사와 부사는 가능하면 숫자로 바꾼다

정확성을 필요로 하는 비즈니스 문장을 쓸 때는 형용사와 부사를 가급적 자제하고 숫자로 표현하는 게 좋다. 형용사와 부사를 많이 사용한 글은 읽는 사람에 따라 다양한 해석을 불러일으킨다. 오해하기 딱 좋다는 이야기다. 이 말을 이해하기 위해서는 우선 각 품사의 기능을 알아야 한다. 먼저 형용사는 명사와 대명사를 수식하는 품사로 '뜨겁다' '아름답다' '만족하다' '조용하다'처럼 상태와 성질, 감정을 나타낸다. 부사는 동사와 형용사를 수식하는 품사로 '천천히 먹는다'에서는 동사를 수식하고, '아주 귀엽다'에서는 형용사를 수식한다. 다음 예문을 보자.

프로젝트 진행이 매우 지연되고 있습니다. 원인을 규명해서 가능한 한 빨리 가동되도록 해주세요.

앞선 예문에서 '매우 지연되고 있다'라는 표현을 보면 어떤 생각이 드는가? 누구는 '지연'이라는 단어를 보고 '한 달 정도'라고 생각할 수 있지만 또 다른 누군가는 '일주일 정도'라고 생각할 수도 있다. 이것이 바로 비즈니스 문장을 쓸 때 '매우' '굉장히' '가능한 한 빨리' 등의 단어를 피해야 하는 이유다.

O 좋은 예문

프로젝트 진행이 2주 정도 지연되고 있습니다. 원인을 규명해서 8월 2일까지 가동되도록 해주세요.

'매우'를 '2주'로, '가능한 한 빨리'를 '8월 2일까지'로 수정한 예문처럼 형용사나 부사를 숫자로 바꿔 보라. 보다 명확하게 자신의 뜻을 전달할 수 있을 것이다.

NO. 16 ONE POINT LESSON **"수식어"**

❶ 수식어와 피수식어는 가깝게 둔다.
❷ 긴 수식어는 좀 떨어져 있어도 괜찮다.
❸ 수식어가 많을 때는 문장을 나눈다.
❹ 비즈니스 문장에서 형용사와 부사는 가능하면 숫자로 바꾼다.

**머리말은
마지막까지 신경 쓴다**

17위는 '머리말', 즉 서문에 관한 것이다. 여기에서는 머리말 중에서도 첫 문장에 중점을 두었다. 첫 문장은 처음 보는 상대에게 자신을 소개하는 첫인사이자 글의 첫인상이기 때문이다. 글쓰기 수업을 하다 보면 종종 다음과 같은 이야기를 하는 사람을 만나게 된다. '머리말에서 모든 것을 보여주자니 본문에서 김이 빠질 것 같고, 신비주의를 고수하자니 너무 불친절한 느낌이다. 영화의 예고편처럼 집약적으로 강한 인상을 남기고 싶은데 도대체 그 방법을 모르겠다'라고 말이다.

그래서 머리말에도 전략이 필요하다. 지피지기 백전불태(知彼知己百戰不殆)라고 했다. 본격적으로 머리말 작성법에 들어가기에 앞서 글을 잘 쓰는 사람들의 첫 문장은 무엇이 다른지 살펴볼 필요가 있다. 지금부터 대중에게 강한 인상을 남긴 작가들의 서문을 엿보도록 하자.

예문 1

제목: 글씨 없는 엽서

돌아가신 아버지는 글을 좋아하는 분이었다. 여학교 1학년이 되어 처음 부모님 곁을 떠났을 때, 아버지는 사흘이 멀다 하고 엽서를 보내셨다.

_ 무코다 구니코, 『글씨 없는 엽서』

'글씨 없는 엽서'라니, 머리말 제목부터 흥미롭지 않은가! 게다가 글씨 없는 엽서를 보내는 사람, 즉 그녀의 아버지는 아이러니하게도 글을 좋아하는 분이라고 한다. 글을 좋아하는데 글씨 없는 엽서를 보내는 아버지의 사연은 무엇일까? 자연스레 뒤의 내용이 궁금해진다.

예문 2

국경의 긴 터널을 빠져나오자 눈의 고장이었다.
밤의 밑바닥이 하얘졌다. 신호소에 기차가 멈춰 섰다.

_ 가와바타 야스나리, 『설국』

마치 나 자신이 기차를 타고 가는 것처럼 느껴지는 글이다. 나아가 눈의 고장에 발을 들인 듯한 기분마저 든다. 책에서 시선을 뗄 수 없게 만드는 머리말이다.

앞선 2가지 예문에서 보듯 훌륭한 머리말은 독자를 글 속으로 빨려 들어가게 만든다.

> "글의 테마를 정하고 나서도 좀처럼 머리말이 떠오르지 않으면, 아쉽지만 테마를 다른 것으로 바꾼다. 그만큼 머리말을 중요하게 생각해야 한다."
>
> _ 다케우치 마사아키, 『쓰는 힘』

❖ 머리말부터 시작하지 않아도 된다

"머리말이 중요하다" "머리말을 잘 써야 한다"라는 말을 듣고 나면 오히려 머리말 쓰기가 더 어렵다는 사람이 많다. 이런 경우 머리말은 나중에 생각하고, 쓸 수 있는 부분부터 시작해도 괜찮다.

1980년대에 발간해서 40년이 지난 지금까지 계속 개정판이 나오고 있는 하나무라 다로의 『지적 트레이닝의 기술(완전 독학판)』을 보면 다음과 같은 문장이 나온다. "글쓰기에 익숙하지 않은 사람이라면 '밑그림을 그린다'라는 생각으로 편안하게 머리말을 시작하는 게 좋다. 그럼에도 잘 안 써지면 본문부터 시작하라. 머리말은 그 후에 써도 괜찮다."

❖ 6가지 머리말 패턴을 활용한다

머리말이 고민되는 사람들을 위해 지금 바로 활용 가능한 6가지 패턴을 정리해 봤다.

---

① 대화나 소리부터 시작한다.
- "어제 받은 사과, 정말 맛있지 않았니?"
- 벅벅벅, 고양이 키라가 문을 열어 달라며 방문을 긁기 시작했다.

---

② 제목과 반대되는 내용을 쓴다.
- 제목: 『글씨 없는 엽서』
  돌아가신 아버지는 글을 좋아하는 분이었다.

---

③ 움직임이 있는 상황(장면)으로 시작한다.
- 국경의 긴 터널을 빠져나오자 눈의 고장이었다.

---

④ 질문을 던진다.
- 건강 검진을 받는 게 몸에 좋을까?

---

⑤ 격언과 명언을 사용한다.
- 애플 창업자 스티브 잡스는 스탠퍼드대학교 졸업 축하 연설에서 다음과 같이 말했다. "오늘이 내 인생의 마지막 날이라면, 지금 하고 싶은 일을 할 것인가?"

---

⑥ 단문으로 마친다.
- 나는 고양이로소이다. 아직 이름은 없다.
  (나쓰메 소세키, 『나는 고양이로소이다』)

참고로 유명한 저널리스트 곤도 가쓰시게는 『뭘 쓸지 떠오르지 않는 사람을 위한 문장 교실』에서 수필의 머리말 패턴으로 '자신을 회상하는 패턴, 질문을 던지는 패턴, 의견과 생각 패턴, 상황과 현상 패턴' 등을 소개하고 있다.

글쓰기에는 정답이 없다. 많이 읽고 자주 쓰다 보면 어느새 자신에게 맞는 머리말 패턴을 찾을 수 있을 것이다.

> "명저라고 일컫는 책을 잔뜩 모아서 머리말만 읽어 보라. 생각했던
> 것보다 배울 점이 많다."
>
> _ 이타사카 겐, 『생각하는 기술·쓰는 기술』

NO. 17 ONE POINT LESSON "머리말"

❶ 머리말부터 시작하지 않아도 된다.

❷ 6가지 머리말 패턴을 활용한다.

**독자를 강하게
의식한다**

　　18위는 읽는 대상, 즉 '타깃'에 관한 것이다. 글은 크게
2가지 형식으로 나눌 수 있다. 일기처럼 자신만을 위해 쓰는 글과
본인 외에 타인을 대상으로 쓰는 글이 바로 그것이다. 여기서는 타
인을 대상으로 쓰는 글, 즉 타깃이 있는 글에 대한 문장 기술을 다루
어 보려고 한다.

　　본격적으로 글을 쓰기 전, 우리는 '이 글을 누가 읽을 것인가?'를
생각해야 한다. 대상이 결정되면 글의 방향성은 절로 정해진다. 같은
주제라도 타깃에 따라 예문과 예시가 달라지기 때문이다. 예를 들어
재테크 기사를 작성한다고 하자. 한창 아이를 키우고 있는 엄마들이
대상이라면 육아의 한 부분을 빗대어 적금의 중요성을 이야기한다.

만약 비즈니스맨이 대상이라면 사무실이나 현장에서 일어날 법한 사례를 예로 들어 공격적 투자의 중요성을 설명하는 식이다.

❖ 단 한 사람을 타깃으로 설정한다

그렇다면 타깃은 어떻게 결정해야 하는가? 일례로 여기 화상 회의 시스템 줌(Zoom)을 이용해 '홍차 타는 방법' 온라인 강좌를 개설한 사람이 있다. 이제 그는 자신이 개설한 강좌를 홍보해야 한다. 줌을 알고 있는 사람, 온라인 회의 시스템을 이용해 본 경험이 있는 사람, 온라인 회의 시스템 자체를 모르는 사람 등 그 대상에 따라 홍보 방법은 달라질 수밖에 없다. 과연 누구를 타깃으로 잡을 것인가?

글도 마찬가지다. 글은 특히 소수가 아닌 불특정 다수를 대상으로 하는 경우가 많다. 타깃 잡기가 어렵다는 말이다. 하지만 너무 걱정하지 마라. 글쓰기 전문가들이 그 답을 알려줄 것이다. 실제로 100권의 책에서는 "딱 한 명을 타깃으로 삼으라"라는 의견이 많았다. 만약 타깃 독자가 '30대 일하는 여성'이라면 직장 동료나 선후배 또는 친구 한 명을 염두에 두고 글을 쓰면 된다.

> "너무 많은 사람에게 이야기를 전달하려고 하면 그 내용이 흐릿해진다."
>
> _ 우메다 사토시, 『말이 무기다』

프리랜서 작가이자 베스트셀러 저자인 고가 후미타케는 늘 가까운 한 사람을 머릿속에 그리면서 글을 쓴다고 한다. 그러나 도저히 생각나는 사람이 없거나, 대상이 마땅치 않을 때는 다음과 같이 가공의 캐릭터를 설정하기도 한다.

> "도쿄 / 중소 의료기 회사에서 일하는 영업직 남성 / 27세 / 연 수입 4,200만 원 / 지방 사립대 출신 / 지하철로 통근하며 혼자 살고 있다 / 여자 친구가 있다'와 같은 형태다."
>
> _ 고가 후미타케, 『스무 살의 내게 권하고 싶은 문장 강의』

이때 주의할 점이 하나 있다. 글을 완성한 후에는 반드시 타깃이 아닌 사람도 이해할 수 있는 표현인지, 비전문가 또는 제3자도 납득할 수 있는 내용인지 점검해 보아야 한다.

❖ **독자의 수준에 맞춰 표현을 바꾼다**

타깃 독자층의 수준이나 이해도에 따라 주제와 표현을 바꿔야 한다. 읽는 사람의 나이와 목적에 맞는 스토리텔링도 필요하다. 투자에 관심 없는 10대에게 '재테크 상품'을 설명하거나, 결혼 생각이 전혀 없는 20대 비혼자에게 스튜디오, 메이크업, 드레스의 앞자를 딴 일명 '스메드 견적서(웨딩 견적서)'를 제시하면 어떻겠는가. 그래서 타깃에 맞는 주제와 표현이 중요하다. 일례로 인사(人事)라는 단어를 설명한다고 하자. 성인에게는 '직원의 평가와 이동, 노동 조건을 결정하는 업무'라고 말해도 무방하지만 그 대상이 초등학생이라면 이야기는 달라진다. 초등학생에게는 '회사 또는 관공서에서 어떤 사람의 지위와 역할을 결정하는 일'이라고 설명해야 하는 것이다.

> "작가는 항상 독자에게 어떤 형태의 글을 서비스할 것인지 고민해야 할 의무가 있다. (……) 사람들이 즐겁게 읽을 수 있는 형태의 글을 생각해야 한다. 이를 위해 끊임없이 고민하고 표현을 수정해야 하는 것이다."
>
> _ 히구치 유이치, 『사람의 마음을 움직이는 문장 기술』

NO. 18 ONE POINT LESSON "타깃"

❶ 단 한 사람을 타깃으로 설정한다.
❷ 독자의 수준에 맞춰 표현을 바꾼다.

**'은/는'과 '이/가'를
구분해 쓴다**

19위는 '은/는'과 '이/가'에 관한 것이다. 문장 기술 책에서 문법을 설명할 때 자주 등장하는 게 바로 조사 '은/는'과 '이/가'의 사용법이다. 참고로 조사는 단어와 단어를 연결해 관계성을 나타내거나 의미를 덧붙일 때 활용되며 문장을 쓸 때 반드시 사용한다.

❖ 처음 말하는 내용일 때 '이/가', 그 내용을 다시 말할 때 '은/는'을 쓴다

'은/는'과 '이/가'는 모두 조사로 자주 사용되는 단어다. 잘못 사용하는 경우 글의 전개가 완전히 달라지므로 주의가 필요하다.

이쪽이 여배우 A입니다.
이쪽은 여배우 A입니다.

우리는 평소 아무렇지 않게 또는 의식하지 않고 자연스럽게 조사를 사용한다. 하지만 조사를 잘못 사용하거나 잘못 이해하면 글의 전개 방향이 완전히 달라진다.

예문 1의 두 문장을 보라. 간혹 별 차이를 느끼지 못하는 사람도 있는데, 두 문장은 전혀 다른 뜻을 내포하고 있다. 도대체 두 문장은 무엇이 다른 것일까? 다음 예문에서 그 차이를 알아보자.

예문 2

어제 부자로 보이는 신사가 바 카운터에 왔습니다. 그 신사는 마티니를 마셨습니다.

이 문장에서 '부자로 보이는 신사가'의 '가', '그 신사는'의 '는'은 모두 주어 위치에 붙어 있는 조사다. 이 둘의 위치를 바꾸면 다음과 같다. "어제 부자로 보이는 신사는 바 카운터에 왔습니다. 그 신사가 마티니를 마셨습니다."

문장의 뉘앙스가 확연히 달라지는 것을 느낄 수 있다. '는'과 '가'에 명확한 구분이 있기 때문이다.

예문 2의 '부자로 보이는 신사가'의 '가'는 아직 밝혀지지 않은 정보에 붙어 있다. '부자로 보이는 신사'에 대해 모르기 때문에 조사 '가'를 쓰는 것이다. '그 신사는'의 '는'은 앞서 말한 내용을 다음 문장에서 다시 말할 때 쓰고 있다. 이미 밝혀진 정보이기에 조사 '는'이 붙은 것이다. 예문 3을 보자.

예문 3

옛날 옛적에 할아버지와 할머니가 살았습니다.
할아버지는 산에 나무를 하러, 할머니는 강에 빨래를 하러 갔습니다.

'할아버지와 할머니'라는 정보가 처음 등장한 첫 번째 문장에서는 조사 '가'가 붙는다. 반면 첫 번째 문장을 통해 '할아버지와 할머니'라는 정보가 파악되었기에 두 번째 문장에서는 조사 '는'을 붙인다. 예문 4를 보자.

예문 4

오늘 처음 공개하는 신상품이 있습니다.
그 신상품은 바로 밥을 맛있게 지어 주는 전기밥솥입니다!

이제 분명한 차이를 알겠는가? 첫 번째 문장에서는 '처음 공개하는 신상품'이 곧 새로운 정보이기 때문에 조사 '이'가 붙는다. 이 문장을 통해 독자에게 '신상품=전기밥솥'이라는 정보를 전달해 놓았기에 두 번째 문장에서는 조사 '은'이 붙는 것이다.

결과적으로 아직 모르는 새로운 정보일 때는 '이/가'를, 이미 알고 있거나 앞 문장을 통해 정보가 공개되었을 때는 '은/는'을 사용한다. 이 순서를 틀리면 애매한 문장이 될 수 있으므로 주의를 기울일 필요가 있다.

❖ '은/는'이 붙어 있어도 주어라고 단정할 수 없다

'은/는'이 붙으면 무조건 주어라고 생각하기 쉬운데, 꼭 그런 것은 아니다. '은/는'은 '주제', 즉 이야기의 '테마'를 이야기할 때도 사용된다. 예문 5를 보자.

예문 5

야구 선수 A는 타격감이 뛰어나다.

'야구 선수 A는'과 '타격감이' 가운데 주어는 무엇인가? 정답은 '타격감이'다. '야구 선수 A는'에서 '는'은 주제를 나타내는 조사, '은/는'의 역할을 하고 있다. 따라서 '야구 선수 A에 대해 말하면'이라는 주제를 제시하고 있는 것이다. 예문 6을 보자.

코끼리<u>는</u> 코가 길다.

이 예문의 경우 '코끼리는'에서 '는'이 주제를 나타내는 조사다.
따라서 '코가'가 주어가 된다.

NO. 19 ONE POINT LESSON '은/는, 이/가'

❶ 처음 말하는 내용일 때 '이/가', 그 내용을 다시 말할 때 '은/는'을 쓴다.

❷ '은/는'이 붙어 있어도 주어라고 단정할 수 없다.

훌륭한 문장을
베끼어 쓰고 모방한다

20위는 '필사'에 관한 것이다. 전문가들은 '문장력을 향상시키는 비결'로 크게 다음 2가지를 꼽는다. 첫째, 훌륭한 문장을 많이 읽는다. 둘째, 좋은 문장을 베끼어 쓰고 모방한다. 한마디로 뛰어난 문장을 통해 배우라는 뜻이다. 이는 'NO. 10 훌륭한 문장은 반복해 읽는다'를 통해 이미 언급한 내용이기도 하다.

❖ 목적에 맞는 작가의 글을 골라 베끼어 쓴다

소설가가 쓴 문장 기술 책을 보면 소설 쓰기에 도움이 되는 방법, 저널리스트가 쓴 책을 보면 신문이나 잡지 등 기사 쓰기에 도움이 되는 방법이 수록되어 있다. 이 말은 무조건 유명 작가의 문장을 모방하기보다는 자신이 쓰고 싶은 장르에서 활약하는 작가의 책을 고르라는 의미다.

실제 발표용 프레젠테이션 원고를 작성해야 하는 사람, 보고용 문서를 만들어야 하는 사람, 자기소개서를 써야 하는 사람, 전업 작가를 준비하는 사람의 목적이 같을 수 없다. 각자 자신의 목적과 사용처에 맞는 글쓰기 기술이 필요하다. 프레젠테이션 원고를 작성해야 한다면 이미 좋은 평가를 받은 선배의 프레젠테이션을, 작가가 되고 싶다면 좋아하는 작가의 책을 모델로 삼아야 한다.

만약 모델로 삼을 만한 글을 발견하지 못했다면 신문 사설이나 베스트셀러를 참고하면 된다. 500~700자 내외로 구성된 사설은 특히 압축적 글쓰기를 배울 때 효과적이다. 문장 구성력에 도움이 되는 것은 물론 시사를 다루는 관점도 배울 수 있다. 베끼어 쓰는 데 그리 많은 시간이 필요하지 않은 것도 장점이다.

베스트셀러는 말 그대로 많은 사람이 선택하여 읽는 책이다. 요즘 사람들이 좋아하는 글의 스타일, 트렌드 등을 파악하고자 할 때 적합하다. 다만 단어와 표현에만 집중하다 보면 전체적인 구성이나 형태를 놓치는 경우가 발생한다. 이에 나무가 아닌 숲을 보는 지혜가 필요하다.

더불어 베스트셀러라고 무조건 베끼어 쓰기보다는 공감할 수 있고 존경할 수 있는 사람의 작품을 골라야 한다. 필사를 하다 보면 자신도 모르게 해당 작가의 사고나 사상이 흡수되는 경우가 많기 때문이다. 마지막으로 자신만의 문체를 만들어내기 위해서는 다양한 글체를 경험하는 과정이 필요하다. 필사를 단순한 모방이 아닌 자신의 문체를 찾기 위한 여정이라고 생각하면 많은 도움이 될 것이다.

> "NHK에 입사했을 당시 선배 기자가 쓴 원고를 무조건 베끼어 썼다. (……) 일자일구(一字一句), 즉 한 글자, 한 구절을 필사했다. (……) NHK 라디오의 전국 방송 뉴스를 녹음하고 그것을 모두 받아 적기도 했다."
>
> _ 이케가미 아키라, 『전달하는 힘』

> "낡은 것도 좋다. 새로운 것도 좋다. 스스로 작가를 선택하고 그 스타일을 모방하면서 시작해야 한다."
>
> _ 시미즈 이쿠타로, 『논문 쓰는 방법』

> "특별히 멋있어 보이는 문체를 모방하게 되는데, 그것은 잘못이 아니다. 나도 어렸을 때는 레이 브래드버리의 책을 읽고 레이 브래드버리처럼 글을 썼다."
>
> _ 스티븐 킹, 『유혹하는 글쓰기』

❖ 지금껏 시도한 적 없는 문장 연결 방법을 찾아본다

베끼어 쓰는 방법은 다양하다. 한 글자, 한 구절을 손으로 따라 쓰는 사람이 있고, 키보드를 이용해 텍스트를 저장하는 사람도 있다. 필사 방법에 옳고 그름은 없다. 자신에게 맞는 편한 방법을 선택하면 된다. 다만 키보드를 사용할 경우 단순한 입력 작업으로 끝나기 쉽다. '머릿속에 문장을 집어넣는다'라는 생각으로 해야 한다.

마지막으로 '효과적인 5가지 필사 포인트'를 정리해 보았다. 첫째, 지금까지 사용해 본 적 없는 단어를 찾아본다. 둘째, 처음 보거나 모르는 단어가 있으면 반드시 사전을 찾아 그 뜻을 파악하고 자기 것으로 만든다. 셋째, 지금껏 시도한 적 없는 문장 연결 방법을 찾아본다. 넷째, 문장 전체 구성을 살펴본다. 다섯째, 베끼어 쓴 내용을 소리 내어 다시 읽어 본다.

NO. 20 ONE POINT LESSON "베끼어 쓰기"

❶ 목적에 맞는 작가의 글을 골라 베끼어 쓴다.
❷ 지금껏 시도한 적 없는 문장 연결 방법을 찾아본다.

PART 3 ————————————————————————————————

한번 배워 평생 활용하는

실전 글쓰기 노하우 20

**글의 연결고리는
나중에 생각해도 된다**

21위는 '글의 연결고리'에 관한 것이다. '소재를 찾지
못해서' '생각이 정리되지 않아서' '의욕이 없어서' 등 글을 쓰지 못
하는 이유는 다양하다. 지금 이 순간에도 이런저런 핑계를 대며 글
쓰기를 포기하는 사람이 많다. 이와 관련하여 글쓰기 전문가들은 대
부분 비슷한 조언을 한다. 앞서 여러 번 언급했듯 "일단 쓰기 시작하
라"고 말이다.

> "한 줄이라도 괜찮으니 일단 써야 한다. '오늘 비가 내렸다'도 괜찮
> 다. '오랜만에 우동을 먹었다'도 괜찮다."
>
> _ 다쓰노 가즈오, 『어느 노(老) 언론인의 작문 노트』

"막상 써 보면 생각보다 글쓰기가 쉽다는 사실을 알게 될 것이다."

_ 도야마 시게히코, 『지적인 문장 기술』

"일단 써라. 처음부터 완성된 문장을 쓰겠다는 욕심을 버려라."

_ 댄 S. 케네디, 『궁극의 마케팅 계획』

"마감이 닥치면 더는 한가한 소리를 할 여유가 없다. 이때 방법은
단 하나, '일단 쓴다'. 이것이 내 마지막 무기다."

_ 유메마쿠라 바쿠, 『비법 '쓰는' 기술』

❖ 첫 번째 줄을 쓰면 두 번째 줄을 쓸 수 있다

'훌륭한 문장을 써야 한다' '완벽한 문장을 써야 한다'라는 욕심은
부담으로 돌아온다. 처음부터 잘 쓰려고 애쓰지 말고, 일단 무엇이든
지 쓰는 습관부터 길러 보라. 첫 번째 줄을 쓰면 두 번째 줄이 떠오르
고 두 번째 줄을 쓰면 세 번째 줄을 쓸 수 있다. 그렇게 쓰다 보면 미
처 생각지 못한 좋은 아이디어가 떠오를지도 모를 일이다.

완벽주의를 잠시 내려놓는 것도 방법이다. 지금 이 순간만큼은 글
의 연결고리를 생각하지 마라. 의식의 흐름, 생각나는 순서대로 물
흐르듯 그냥 써 보는 것이다. 예를 들어 '주장 → 이유 → 구체적 예
→ 재주장' 형태의 원고를 작성한다고 하자. 구체적 예부터 쓰는 게

편하다면 그 부분부터 작성해도 된다. 글의 연결고리는 맨 마지막에
고민해도 절대 늦지 않다. 고민하고 망설일 시간에 일단 써라.

> "문장 연결이 어색한 것은 논리의 비약이 있기 때문이다. 비약은
> 너무 걱정하지 마라. 그 부분을 채워 넣을 시간은 얼마든지 있다."
>
> _ 이타미 히로유키, 『창조적 논문을 쓰는 법』

NO. 21 ONE POINT LESSON "연결고리"

❶ 처음부터 완성된 문장을 쓰겠다는 생각을 버려라.

❷ 첫 번째 줄을 쓰면 두 번째 줄을 쓸 수 있다.

NO. 22 확실한 테마를 정한다

22위는 '무엇을 쓸 것인가'에 관한 것이다. 좋은 글과 나쁜 글은 '어떻게 쓸 것인가'보다 '무엇을 쓸 것인가'로 결정된다. 테마와 내용이 중요하다는 뜻이다.

이토록 중요한 테마를 결정할 때는 다음 2가지만 기억하라. 첫째, 읽는 사람에게 도움이 될 만한 내용인가? 둘째, 자신만의 관점이 있는가? 먼저 글을 쓰는 사람 입장에서 읽는 사람에게 가치를 제공하는 것은 매우 중요한 일이다. 일례로 구체적인 문제 해결책이 담겨야 하는 실용문이 감상 중심으로 이뤄져 있다면 어떻게 하겠는가? 독자는 끝까지 글을 읽지 못하고 중도에 포기하고 말 것이다. 반대로 감수성이 풍부해야 할 수필이 데이터와 숫자로 가득 찼다고 생각해 보라. 위안을 얻기 위해 책을 펼친 독자는 당혹스러움을 감출 수 없을 것이다. 따라서 글의 테마를 생각할 때는 반드시 읽을 사람에게 어떤 도움을 줄 것인지를 생각해 봐야 한다.

❖ 관점은 글에 생명력을 불어 넣는다

관점은 사물이나 현상을 바라보는 태도와 방향을 의미한다. 하나의 사건이나 현상을 두고 모든 사람이 같은 생각이나 비슷한 감상평을 적어낸다면 굳이 그 글을 읽을 필요가 없다. 사람들이 열광하는 이야기꾼을 보면 대부분 독자적인 시선으로 남과 다른 결과물을 만들어낸다. 특별한 관점을 가진 사람들의 이야기에 이목이 집중되는 것이다.

따라서 테마 또는 내용에 '글쓴이의 특별한 관점'이나 '독자가 모르는 새로운 정보' 등이 노출되어 있으면 좋다. 하지만 독창적 아이디어와 특별한 정보가 말처럼 쉽게 얻어지는 건 아니다. 이럴 때는 '주변에서 일어난 일'을 떠올려보거나 '그동안 자신이 무엇을 했는지'를 생각해 보라. 개인의 경험과 체험이 중요한 이유는 그것이 곧 '독자성'으로 연결되기 때문이다. 그 어디에서도 들어본 적 없는 흥미진진한 내용과 새로운 해석은 언제나 사람들의 환영을 받는다. 한마디로 관점이 더해져야 글이 살아나는 것이다.

"구성력이나 표현력이 부족해서 재미없는 글이 되는 게 아니다. 작가 자신이 무엇을 써야 할지 제대로 모를 때 재미없는 글이 된다."

_ 이케가미 아키라, 『쓰는 힘』

"자신의 개성을 형상화하는 체험이야말로 글의 원천이자 근본이다. 작문은 그 근본에서 기억화된 자신을 끌어올려 언어로 표현하는 작업이라고 해도 과언이 아니다."

_ 곤도 가쓰시게, 『뭘 쓸지 모르겠는 사람을 위한 문장 교실』

NO. 22 ONE POINT LESSON "테마"

❶ 좋은 글과 나쁜 글은 그 내용에 따라 결정된다.

❷ 관점은 글에 생명력을 불어 넣는다.

문장의 끝을 통일시킨다

23위는 '문장의 끝을 맞춰 통일된 느낌을 준다'는 것이다. 문장 끝에 쓰는 표현을 '문말 표현'이라고 한다. 문말 표현에는 크게 2가지가 있는데 '~다'와 '~ㅂ니다'가 바로 그것이다. '~다'는 힘 있고 명확한 인상을 주는 반면 '~ㅂ니다'는 정중하고 부드러운 느낌을 준다. 가끔 '~다'와 '~ㅂ니다'를 동시에 쓰는 사람이 있는데, 문말 표현은 하나로 통일하는 게 원칙이다. 다음 예문을 보자.

X 나쁜 예문

다수결은 민주주의의 기본 원칙으로, 사람들의 의견을 한데 모아서 선택

사항을 결정할 때 도입한다. 대다수의 지지를 얻은 사람을 대표자로 세워
정치의 안정화를 도모하기 위함입니다.

O 좋은 예문 1('~다'로 통일)

다수결은 민주주의의 기본 원칙으로, 사람들의 의견을 한데 모아서 선택
사항을 결정할 때 도입한다. 대다수의 지지를 얻은 사람을 대표자로 세워
정치의 안정화를 도모하기 위함이다.

O 좋은 예문 2('~ㅂ니다'로 통일)

다수결은 민주주의의 기본 원칙으로, 사람들의 의견을 한데 모아서 선택
사항을 결정할 때 도입합니다. 대다수의 지지를 얻은 사람을 대표자로 세
워 정치의 안정화를 도모하기 위함입니다.

좋은 예문 1, 2처럼 '~다'와 '~ㅂ니다' 가운데 하나를 선택해 문
장의 끝을 맞춰야 통일감 있는 글을 완성할 수 있다.

NO. 23 ONE POINT LESSON "문말 표현"

문장의 끝을 맞춰 통일된 느낌을 준다.

**에피소드를
적극 활용한다**

24위는 '에피소드 활용법'이다. 설득력 있는 글을 쓰고 싶다면 그 무엇보다 자신만의 에피소드가 필요하다. 에피소드는 개인(작가 본인)이나 주변 사람이 직접 겪은 사례 또는 경험담을 말한다. 경험담이라는 특성상 글에 독창성을 부여하는 것은 물론 강한 설득력을 선사한다. 더불어 에피소드는 추상적이고 형이상학적인 이념과 개념을 구체적으로 설명하는 데 도움을 준다.

이때 주의할 점이 하나 있다. 경험담을 쓰다 보면 자신도 모르게 지나친 자랑이나 성공담을 늘어놓기 쉽다. 성과를 강조하고 싶더라도 그 과정을 모두 생략한 채 결론부터 이야기하지 마라. 사람들은 결과론적인 성공담보다 실패를 딛고 일어서는 과정에 더 큰 흥미를 느낀다. 성공담보다 실패담이 더 많은 공감을 불러일으키기도 한다.

남들이 경험하지 못한 자신만의 에피소드가 있는가? 소소하고 사소한 것이라도 괜찮다. 지금까지 꽁꽁 숨겨 두었던 자신만의 에피소드를 꺼내어 보라. 나 자신도 미처 깨닫지 못한 새로운 이야기가 시작될지도 모를 일이다.

> "부정적 요소가 긍정적 요소로 전환되는 내용은 언제나 흥미로운 울림을 준다. 이런 글을 대할 때 독자는 '어떻게 부정적 요소가 긍정적 요소로 바뀌었지?'라는 생각과 함께 이야기 속으로 흠뻑 빠져들게 된다."
>
> _ 나쓰요 립슈츠, 『한 문장으로 말하라』

NO. 24 ONE POINT LESSON "에피소드"

❶ 개인 이야기가 중심이 되는 에피소드는 독창성을 가진다.

❷ 자기 자랑은 금물! 사람들은 '실패한 경험'에 더 크게 공감한다.

**구성요소를
먼저 생각한다**

25위는 '구성요소'에 관한 것이다. 앞서 글쓰기가 어렵다고 호소하는 사람들에게 전문가들은 "일단 쓰기 시작하라"라고 조언한다. 한 줄이라도 쓰기 시작하면 어떻게든 계속 글을 이어나갈 수 있다는 이유에서다.

그런데 이와 반대되는 주장을 하는 전문가들도 있다. 그들은 "무턱대고 원고를 작성하기에 앞서 무엇을 쓸지 미리 생각하는 게 좋다"라고 말한다. 구성요소를 먼저 정리해 보라는 말이다.

글 쓰는 목적이야 다양하지만 감상문보다는 정보 전달을 위해 쓰는 글이 더 많다. 이런 글을 쓰기 위해서는 생각을 정리하는 단계가 매우 중요하다. '무엇을 어떻게 전달할 것인가'가 명확하지 않으면 모호한 글이 되기 때문이다.

생각 정리를 좀 더 쉽게 하고 싶다면 다음 순서를 기억하라. 먼저 글의 구성, 즉 흐름을 정리한다. 앞서 설명한 '형식' 부분을 참조하면 글의 흐름을 만들 때 도움이 될 것이다. 둘째, 구성요소를 항목별로 나눈다. 본격적인 작업에 앞서 생각을 정리해 놓지 않으면 글을 쓰는 동안 논점이 흐려지기 쉽다. 구성요소를 미리 정해 놓으면 처음에 설정한 방향이나 흐름에서 크게 벗어나지 않고 글을 완성할 수 있다.

> "글 쓰는 작업은 크게 2가지 단계로 이루어져 있다. 생각을 정리하는 단계와 정리된 생각을 글로 표현하는 단계가 바로 그것이다. (……) 써야 할 내용이 없는데 무슨 수로 글을 쓸 수 있겠는가? 어찌 보면 이는 너무도 당연한 일이다."
>
> _ 우메사오 다다오, 『지적 생산의 기술』

NO. 25 ONE POINT LESSON **"구성요소"**

❶ 본격적으로 글을 쓰기에 앞서 무엇을 쓸 것인지 생각하는 게 좋다.

❷ 글의 구성, 즉 흐름을 정리하고 각 요소를 작성한다.

단어가 중복되지
않도록 한다

26위는 '중복되는 단어'에 관한 것이다. 한 문장에서 같은 단어 또는 비슷한 표현이 계속 이어질 경우, 이를 생략하거나 다른 단어로 대체하는 게 좋다. 그래야만 산만하지 않고 간결한 글이 된다. 다음 예문을 보자.

X 나쁜 예문

차를 고를 때는 차를 타는 사람의 수와 차의 용도, 차의 예산 등을 고려해 자신에게 가장 적합한 차를 선택하는 게 중요하다.

차를 고를 때는 타는 사람의 수, 용도, 예산 등을 고려해 자신에게 가장 적합한 것을 선택하는 게 중요하다.

나쁜 예문에서는 '차'라는 단어가 5번이나 반복되어 산만하다는 느낌을 준다. 이에 비해 좋은 예문에서는 차를 1번만 사용해 글의 가독성을 높였다. 다음 예문을 보자.

머리가 아파 오는 것 같아서 약을 먹었습니다. 먹기 싫은 약을 먹는 것은 두통을 가라앉히기 위한 것입니다.

머리가 아파 오는 것 같아서 약을 먹었습니다. 먹기 싫더라도 약을 먹으면 두통을 가라앉힐 수 있습니다.

나쁜 예문에서는 명사 '것'이 3번이나 반복되어 나온다. 좋은 예문을 보라. 특별한 의미가 없는 '것'을 생략한 결과 글에 리듬감이 생겼음을 알 수 있다.

> "주제가 되는 단어는 반복해 쓸 수밖에 없다. 무의식적으로 단어를 반복하는 경우가 많은데 의식적으로 표현을 바꿀 생각을 해야 한다."
>
> _ 도야마 시게히코, 『지적인 문장 기술』

NO. 26 ONE POINT LESSON "중복 단어"

같은 단어는 생략하거나 다른 말로 바꾼다.

제목은 내용을
안내하는 내비게이션이다

27위는 '제목'에 관한 것이다. 신문이나 잡지, 책과 보고서 등에서 제목 없는 글을 본 적이 있는가? 목적이 있는 글에는 반드시 제목이 붙는다. 그리고 사람들은 제목만 보고도 대충 그 내용을 파악한다. 제목은 곧 글의 구성을 안내하는 내비게이션과 같기 때문이다. '무엇이 어디에, 어떻게 쓰여 있는지를 미리 보여주는 지도'인 셈이다.

책을 예로 들면 제목은 전체 테마를, 소제목은 각 단락의 주제를 나타낸다. 그래서 차례나 소제목만 보고도 책을 고르는 게 가능하다. 때로는 독자에게 책의 내용을 각인시키기 위해 제목에 사용한 단어를 본문에 재사용하기도 한다. 제목만큼 강렬한 인상을 남기는 단어를 찾으면 다행이지만 현실적으로 이를 대체할 만한 표현을 찾는 게 쉽지 않다. 그래서 제목에 사용했던 단어를 반복해 임팩트를 높이는 것이다.

> "제목과 비슷한 표현을 본문에 사용하는 게 좋다. 하지만 문구를 굳이 일치시킬 필요는 없다."
>
> _ 스쿨 도쿄, 『'악문과 난문을 졸업하다' 정확한 글을 쓰는 법』

예문 1

상속세 대책에 대해

예문 2

억 단위 재산을 세금 없이 물려받는 방법!

예문 1, 2 모두 '상속세 대책'에 대해 쓴 글의 제목이다. 그러나 구체성에서는 명확한 차이를 보인다. 예문 1을 보면 상속세와 관련된 글임을 알 수 있지만 제목만 봐서는 그 대책이 무엇인지 알기 어렵다. 반면 예문 2는 제목만 봐도 어떤 대책을 제시하려는지 알 수 있다. 이처럼 중요한 글의 제목을 아무렇게나 정해서는 안 된다. 전략적 스킬이 필요하다는 말이다.

❖ '임시 제목'이라도 붙여 둔다

제목을 잘 붙이려면 본문을 쓰기 전 '임시 제목'이라도 생각하는 게 좋다. 제목을 생각하고 글을 쓰면 테마와 구성이 명확해져 불필요한 내용을 쓰지 않게 된다.

글을 다 쓰고 난 뒤에는 임시 제목과 본문의 내용이 맞아떨어지는지 확인한다. 만약 내용이 다르다면 본문에 맞춰 제목을 수정한다. 이때 임시 제목보다 더 나은 표현이 있는지, 본문에서 사용한 키워드 중 제목으로 사용할 만한 것은 없는지, 가장 말하고 싶은 내용은 무엇인지 등을 중점적으로 생각한다. 이런 과정이 습관화되면 제목을 뽑는 일이 그리 어렵지 않을 것이다.

NO. 27 ONE POINT LESSON "제목"

❶ 제목은 무엇이 어디에, 어떻게 쓰여 있는지를 안내하는 내비게이션과 같다.

❷ 본문을 쓰기 전 '임시 제목'이라도 먼저 생각해 두는 게 좋다.

글은 곧
그 사람이다

28위는 '글은 그 사람의 생각을 반영한다'라는 것이다. 프랑스 박물학자 조르주루이 르클레르는 "글은 곧 그 사람이다"라고 말했다. 맞는 말이다. 글에는 그 사람의 사상과 성격, 생각 등이 자연스럽게 담긴다. 컵 속에 물이 반쯤 남아 있을 때 '반밖에 없다'라고 생각하는 사람과 '반이나 남았다'라고 생각하는 사람이 있는 것처럼 말이다. 이 둘의 차이는 인생에 대한 관점, 즉 '인생관'에서 비롯되는 게 아닐까 싶다.

스쿨 도쿄에서 발행한 『'악문과 난문을 졸업하다' 정확한 글을 쓰는 법』에 보면 "글을 잘 쓰려면 60퍼센트의 인생관과 40퍼센트의 정보 그리고 테크닉이 필요하다"라는 내용이 있다. 개인적으로 이 말에 동의한다. 테크닉과 정보보다 더 중요한 것이 바로 인생관이라고 생각하기 때문이다.

자신과 온전하게 마주할 수 있는 사람, 주변의 소음을 차단하고 내면의 소리에 귀를 기울일 수 있는 사람이 쓴 글은 다른 사람의 글과 많은 차이가 난다. 주변 사람들을 시기하고 질투하며 자신의 처지를 비관하는 사람의 글이 아름다울 리 없지 않은가.

읽는 사람에게 감동을 주는 글을 쓰고 싶은가? 그렇다면 내면적 소양을 쌓고 올바른 인생관을 세우기 위해 노력해야 한다. 내면의 깊이가 생각과 말, 글의 깊이를 결정하는 것은 물론 결국에는 삶의 깊이가 될 것이다.

> "결국 '내면'의 깊이가 말로 표현되는 게 아니겠는가?"
>
> _ 다쓰노 가즈오, 『어느 노(老) 언론인의 작문 노트』

NO. 28 ONE POINT LESSON "인생관"

❶ 글은 그 사람의 사상과 성격, 생각 등을 담고 있다.

❷ 내면의 깊이가 곧 생각과 말, 글의 깊이를 결정한다.

같은 주어가 반복되면 일단 생략한다

29위는 '주어 생략'에 관한 것이다. 유명 작가들의 문장을 조사한 극작가 이노우에 히사시는 그 안에서 하나의 공통점을 발견했다. 바로 '주어가 빠져 있다'라는 사실이다. 참고로 주어는 문장에서 동작이나 상태, 성질의 주체가 되는 부분이다.

실제로 같은 주어가 반복될 때, 특히 '사람' 또는 '세상'이 주어일 때는 이를 생략하는 전문가가 많다. '나' '내가' '저' '그' '우리' 등 반복되는 인칭대명사도 마찬가지다.

X 나쁜 예문

나는 고양이로소이다. 내 '이름은 아직 없다'. 어디에서 태어났는지 '나는'

전혀 모른다. 아무튼 '내가' 어둡고 습한 곳에서 야옹야옹 울고 있던 것만은 기억한다.

'이름은 아직 없다' 이후 문장에서는 주어가 '내가'라는 것이 분명하기 때문에 '나'를 전부 생략해도 그 뜻은 변하지 않는다. 다음 예문을 보자.

O 좋은 예문

나는 고양이로소이다. 이름은 아직 없다. 어디에서 태어났는지 전혀 모른다. 아무튼 어둡고 습한 곳에서 야옹야옹 울고 있던 것만은 기억한다.

문제는 이제 막 글쓰기를 시작한 사람들이다. 이들이 주어 생략을 유독 두려워하는 이유는 글의 연결과 내용이 모호해지지 않을까 하는 걱정 때문이다. 이때는 '그러나' '그리고' '그런데' 등의 접속어를 활용하면 보다 매끄럽게 문장을 연결할 수 있다.

NO. 29 ONE POINT LESSON "주어 생략"

반복되는 주어를 생략하면 문장의 리듬감이 좋아진다.

**문장 훈련이 곧
사고 훈련이다**

30위는 '글과 생각은 다르지 않다'라는 것이다. 언어는 사고의 통로이자 소통의 도구다. 그리고 글은 전달의 수단이자 사고의 수단이기도 하다. 이를 증명하듯 많은 글쓰기 전문가는 '쓰는 일'과 '생각하는 일'을 구분 짓지 않는다. 그들은 "쓰는 행위가 곧 생각하는 행위다"라고 말한다. 정리된 생각이 있어서 쓰는 것이 아니라 쓰는 행위를 통해 생각이 정리되기도 한다고 조언한다.

마지막으로 『미움받을 용기』의 저자 고가 후미타케도 『스무 살의 내게 권하고 싶은 문장 강의』를 통해 "생각하기 위해 쓰라"라고 조언한 바 있다.

"우리는 이해했기 때문에 쓰는 게 아니다. 이해할 수 있는 머리를 가진 사람만 글을 쓸 수 있는 것도 아니다. 쓰는 작업을 통해 점차 자신만의 '답'을 찾아가는 것이다."

_ 고가 후미타케, 『스무 살의 내게 권하고 싶은 문장 강의』

"글에는 글쓴이의 사고가 분명하게 드러난다. 쓰는 연습을 반복하는 것은 마음을 단련하는 행위와 같다."

_ 야마자키 고지, 『입문 생각하는 기술·쓰는 기술』

"생각을 쓰기보다는 쓰면서 생각을 분명히 한다는 게 올바른 표현이다. 이런 과정을 거치면 '문장 훈련=사고 훈련'이라는 사실을 정확하게 이해할 수 있다. (……) 사상을 가진다는 것은 곧 문체를 가진다는 뜻이기 때문이다."

_ 하나무라 다로, 『지적 트레이닝의 기술(완전 독학판)』

NO. 30 ONE POINT LESSON **"문장 훈련=사고 훈련"**

❶ '쓰는 행위'가 곧 '생각하는 행위'다.

❷ 글 쓰는 작업을 반복하면 자신만의 '답'을 찾을 수 있다.

테크닉에만 집중하면
흔한 문장을 쓰게 된다

31위는 '테크닉보다 마음 자세가 중요하다'라는 것이다. 지금까지 우리는 글쓰기 실력을 향상시켜 주는 많은 비법, 즉 테크닉에 대해 말했다. 그러나 테크닉이 뛰어나다고 해서 상대의 마음을 움직이는 글을 쓸 수 있는 것은 아니다. '이것만은 꼭 전달하고 싶다'라는 간절한 생각과 열정이 있을 때 비로소 마음을 움직이는 글을 쓸 수 있다.

특히 기교에 집중하거나 잘 쓰려는 욕심이 앞서면 비즈니스 책에서나 나올 법한 문장이 되기 쉽다. 전형적이고 흔한 표현을 쓰게 된다는 뜻이다. 따라서 진심으로 전달하고 싶은 메시지가 무엇인지 확인하고 나서 글을 쓰려는 자세가 필요하다. 다음 예문을 보자.

어젯밤에 이직 상담을 해주셔서 감사합니다. 정말 많은 도움이 되었습니다. 진척 상황이 있으면 보고하겠습니다.

어젯밤에 이직 상담을 해주셔서 감사합니다. "언제든 상담하러 오게"라는 마지막 말씀을 들을 때는 눈물이 나올 것 같았습니다. 좋은 결과를 알려 드릴 수 있도록 열심히 해 보겠습니다.

형식적인 나쁜 예문과 달리 좋은 예문에서는 무엇에 감사하는지, 자신한테 어떤 변화가 있었는지 등을 구체적으로 표현하고 있다.

상품 판매를 목적으로 쓴 세일즈 레터나 광고 문구를 쓸 때도 중요한 것은 내용이다. 열정적으로 상품을 연구하고 이를 구체화할 때 비로소 좋은 문장과 섹시한 광고 문구가 탄생한다.

> "나는 아동의 낙서도 즐겨 읽는다. 유치한 문장이지만 세상의 때가 묻지 않은 순진한 영혼이 살아 있기 때문이다. 결국 글을 잘 쓰는 비결은 기교보다 열정, 자세보다 마음이지 않을까 싶다."
>
> _ 가와바타 야스나리, 『신 문장 독본』

"표현이 유치하거나 단어 선택이 세련되지 않아도 좋다. 개인적인 생각과 배경이 들어간 문장은 꼭 필요하다."

_ 멘탈리스트 다이고, 『사람을 조종하는 금단의 문장 기술』

"'글을 못 써서 좋은 광고 문구를 만들 수 없다'라고 말하는 사람이 있는데, 원인은 문장력에 있는 게 아니다. 별 내용 없이 원고의 빈 칸만 채우려고 하다 보니 못 쓰는 것이다."

_ 다니야마 마사카즈, 『광고 문구, 이렇게 쓴다! 독본』

NO. 31 ONE POINT LESSON "마음을 움직이는 글"

상대방의 마음을 움직이는 것은 '테크닉'이 아니라 '내용'이다.

**가장 좋아하는
문장을 찾는다**

32위는 '좋아하는 문장을 찾으라'는 것이다. 앞서 우리는 'NO. 10 훌륭한 문장은 반복해 읽는다' 'NO. 20 훌륭한 문장을 베끼어 쓰고 모방한다'를 통해 '좋은 문장'과 '감동을 주는 글'에 관련된 다양한 포인트를 살펴보았다.

좋아하는 문장을 찾으려면 우선 '좋은 문장이란 무엇인가'라는 질문에 대한 답을 찾아야 한다. 화려한 문체를 자랑하는 글이 좋다고 말하는 사람이 있는가 하면, 오류 없는 논리적인 글이 좋다고 말하는 사람도 있다. 글쓰기 전문가들 역시 다양한 의견을 내놓고 있지만, 결국은 하나의 결론에 도달하게 된다. '자신이 좋다고 생각하는 문장이 곧 훌륭한 문장'이라는 사실이다.

한 가지 예로 미각은 사람마다 다르다. 짜고, 맵고, 싱거운 기준 역시 상대적이다. 많은 사람이 입을 모아 맛있다라고 말하는 음식도 내 입에는 맞지 않을 수 있고, 반대로 나는 아주 맛있게 먹었지만 상대의 입맛에는 별로일 수도 있다. 게다가 직접 먹어 보지 않으면 그 맛을 알 수 없기에 주변의 평가만으로 판단을 내리기도 어렵다.

문장도 마찬가지다. 많은 사람이 좋다고 해도 자신에게는 훌륭한 문장이 아닐 수 있다. 그러므로 글을 실제로 읽어 보고 어떤 생각이 드는지 음미해 보는 과정이 중요하다.

이 글을 읽는 사람 모두가 자신이 좋아하는 문장을 발견하길 진심으로 바란다.

> "훌륭한 문장의 기준은 무엇인가? 유명한 사람이 쓰면 모두 좋은 문장인가? 그렇지 않다. 당신이 읽고 감동한 글이 있다면 그것이 바로 훌륭한 문장이다. (……) 지금 읽고 있는 신문 논설에서 감탄해 마지않는 문장을 발견했다면 그것이 바로 좋은 글이다."
>
> _ 마루야 사이이치, 『문장 독본』

> "이제 막 글쓰기를 시작한 사람에게 바라는 점이 있다면 자신의 생각에 맞는, 바꿔 말하면 자신이 가장 좋아하는 문장을 찾으라는 것이다."
>
> _ 가와바타 야스나리, 『신 문장 독본』

"글의 좋고 나쁨은 독자 자신이 감각적으로 파악해야 한다. 그것 외에는 달리 가르칠 다른 방법이 없다."

_ 다니자키 준이치로, 『문장 독본』

"훌륭한 문장과 나쁜 문장의 기준을 간단하게 단정 지을 수는 없다. 문장에는 궁합이라는 게 있기 때문이다."

_ 다케우치 마사아키, 『쓰는 힘』

NO. 32 ONE POINT LESSON "문장의 발견"

❶ 자신이 좋다고 생각하는 문장이 곧 훌륭한 문장이다.

❷ 따라 쓰고 싶은 문장을 만날 때까지 많은 글을 읽어야 한다.

'지적 생산술'로 독창성을 높인다

33위는 '계속해서 지식과 정보를 업데이트하라'라는 것이다. 전 외무성 주임 분석관이자 베스트셀러 작가이며 오피니언 리더로 활동 중인 사토 마사루는 필요한 정보를 조사하고 이를 기반으로 글 쓰는 과정을 '지적 생산술'이라고 부른다. 지적 생산술은 말 그대로 생각을 통해 지적 정보를 생산하는 기술이다. 글쓰기가 바로 대표적인 지적 생산술이라고 할 수 있다.

지적 생산술을 높이기 위해서는 무엇보다 책이나 뉴스를 통해 새로운 정보를 발견하고 필요한 부분은 기록하는 게 중요하다. 사토 마사루는 이를 인풋, 즉 '최신 정보 업데이트'라고 표현하는데, 메모장, 스마트폰, 사진 촬영 등 그 어떤 기록이라도 좋다. 자신에게 맞는 방법을 찾아 꾸준히 새로운 정보를 기록하고 남겨라. 독창성을 높이는 데 많은 도움이 될 것이다.

> "가장 중요한 것이 바로 '인풋'이다. 이를 위해 중·고등학교 교과서 수준의 기초 학력을 익히고 자기 일과 관련된 지식을 꾸준히 업데이트해야 한다."
>
> _ 사토 마사루, 『찾아보는 기술·쓰는 기술』

❖ 잘못 쓰면 오히려 독이 되는 정보도 있다

본격적으로 글을 쓰기 전 준비 단계에서 가장 중요한 것이 하나 있다. 바로 테마에 대한 조사다. 좋은 인풋을 만들려면 충분한 재료(조사한 자료)가 필수다. 자료를 제대로 조사하기 위해서는 가장 먼저 테마와 관련된 책, 관련 기사, 출처가 확실한 통계 자료 등을 수집한다. 그리고 테마와 관련된 전문가를 찾아가 궁금한 점을 해소한다. 마지막으로 관련 영상 자료나 음성 데이터를 참고한다.

다만 인터넷의 정보를 너무 믿어서는 안 된다. 인터넷 자료는 대부분 출처가 비슷하다. 따라서 아무리 화려한 테크닉을 발휘해도 어디선가 본 듯한 글이 될 가능성이 높다. 더불어 온라인에는 사실 관계가 확인되지 않은 무분별한 정보가 넘쳐난다. 출처가 명확하지 않은 정보 일명 신상털기 및 '카더라 통신' 등의 유언비어는 오히려 독이 될 수 있으니 각별한 주의를 요한다.

독창적이면서 신뢰를 줄 수 있는 글을 쓰고 싶다면 온라인과 인터넷에만 의존하지 말고 발로 직접 뛰어야 한다. 관련 현장에 나가보고 다양한 정보처와 접촉하면서 '나만의 아웃풋'을 만들어야 하는 것이다.

> "보고서나 제안서는 독창성이 요구된다. 현장에 가서 알게 된 사실이나 현지에서 들은 이야기, 자신이 느낀 감성을 소중하게 생각하고 이를 글에 반영해야 한다."
>
> _ 이케가미 아키라, 『전달하는 힘』

NO. 33 ONE POINT LESSON "지적 생산술"

❶ 최신 정보를 업데이트한다.

❷ 인터넷 정보에 지나치게 의존해선 안 된다.

**외국어 사용은
최소화한다**

34위는 '외국어 사용'에 관한 것이다. 외국어는 다른 나라에서 들어온 모든 단어를 가리키는데, '슈트 → 정장' '스커트 → 치마' '뮤직 → 음악'처럼 우리말로 대체 가능하다는 특징이 있다. 반면 외래어는 외국에서 들어와 우리말처럼 널리 사용되고 있는 단어를 뜻한다. '버스' '텔레비전' '배터리' '바나나' 등을 그 예로 들 수 있다.

글을 쓰다 보면 자신도 모르게 외국어를 사용하는 경우가 많다. 외국어와 외래어를 구분하지 못하거나, 익숙한 표현이기에 무의식적으로 사용하는 것이다. 하지만 일부러 외국어 표현을 선택하는 사람도 있다. 외국어를 많이 사용하면 '있어 보이는 글이 된다'라는 이유에서다. 필요 이상의 외국어는 '있어 보이는 문장'이 아니라 '난해한 문장'을 만든다. 글쓴이의 의도와 달리 가독성만 떨어뜨릴 뿐이다. 다음 예문을 보자.

예문

명확한 코어 컴피턴스를 기반으로 시너지를 창출하고 우리의 프레즌스를 발휘합시다.

수정 예문

명확한 핵심 역량을 기반으로 협동력을 높여 우리의 영향력을 발휘합시다.

'코어 컴피턴스(core competence)' '시너지(synergy)' '프레즌스(presence)'를 우리말로 바꾸면 문장이 깔끔해지고 읽기 편해진다.

NO. 34 ONE POINT LESSON "외국어 사용"

필요 이상의 외국어는 오히려 '난해한 문장'을 만든다.

공식 문서는
문어체로 작성한다

35위는 '문어체'와 관련된 것이다. 비즈니스 문서와 논문 등 공식 문서는 주로 구어체가 아닌 문어체를 사용한다. 이때 편의를 위해 목적격 조사를 생략하거나 어휘를 축약하는 경우도 많다. 공문서, 사업계획서, 보도자료, 기획서, 기안서, 보고서, 제안서의 내용이 '이랬어요~' '저랬어요~'로 표현되었다고 생각해 보라. 문서에 대한 신뢰도는 물론 이를 작성한 사람의 수준까지 의심하게 될 것이다.

참고로 구어체는 '~요' '~요?' '~거' 등 일상에서 주로 사용하는 말투고, 문어체는 '~다' '~까' '것' 등으로 일상이 아닌 문서에서 주로 사용하는 문체다.

아침에 지하철이 멈춰서 회사에 지각할 것 같았어요. 초긴장 상태에서 버스로 갈아탔는데, 이마저도 교통 체증에 걸려 버리더군요. '이대로 있다가는 죽겠구나' 싶어 다음 버정에서 내려 회사까지 전력질주했어요.

나쁜 예문에서 사용된 '~요'와 '초긴장' '죽겠구나' '버정(버스 정류장)' 등은 일상생활에서 사용하는 구어체다. 비즈니스 문서나 논문에 이런 구어체를 사용하면 글의 수준이 전반적으로 낮아 보인다. 다음은 품격 있는 글을 위해 문어체로 수정한 것이다.

아침에 지하철이 멈춰서 회사에 지각할 뻔했습니다. 매우 긴장한 상태에서 버스로 갈아탔는데, 이마저도 교통 체증에 걸려 버렸습니다. 이대로 가만히 있다가는 지각하겠다는 생각이 들어, 다음 버스 정류장에서 내려 회사까지 전력질주했습니다.

"구어체는 크게 말하는 투인 '회화체', 강의하는 투인 '강화(講話)체', '부드러운 강화체'로 나뉜다. (……) 극단적으로 말하면 말과 문장을 일치시킬 수는 없다. (……) 장황함이야말로 구어체의 가장 큰 특징 가운데 하나다."

_ 이노우에 히사시, 『손수 만든 문장 독본』

"구어체는 문장의 품격을 떨어뜨린다."

_ 오가사와라 노부유키, 『전달된다! 문장력을 익히는 책』

NO. 35 ONE POINT LESSON "구어체와 문어체"

❶ 공식 문서에는 문어체를 사용해 문장의 품격을 높인다.

❷ 구어체는 문장을 장황하게 만든다.

비즈니스 메일은
간결함이 생명이다

36위는 '업무 메일 작성법'이다. 비즈니스 메일은 주로 장소를 이동하거나 잠깐 쉬는 시간에 보는 경우가 많다. 회사에 따라서는 대량의 메일을 처리하는 직원을 따로 두기도 한다. 따라서 업무 메일은 내용을 간결하게 작성해 수신자의 시간을 필요 이상으로 빼앗지 말아야 한다.

메일은 위에서부터 읽어 내려가기 때문에 제목과 처음 세 줄에서 요점을 간결하게 전달하는 게 중요하다. 이를 위해 요점을 항목별로 정리하는 것도 좋은 방법이다.

간결한 비즈니스 메일 작성법은 다음과 같다. 첫째, 메일 제목은 구체적으로 적어 수신자가 대충 넘기지 않도록 한다. 둘째, 인사말 다음 두세 줄에 요점을 정리한다. 셋째, 내용은 길게 작성하지 않는다.

보기 편한 비즈니스 메일 작성법

구체적으로 내용 작성

제목: 신형 모터 팸플릿 납품 기한과 인쇄 부수에 대한 건

내용: 주식회사 ○○ 제작부, 다나카 부장님께

다나카 부장님, 안녕하세요? ◇◇사의 스즈키입니다.

다름이 아니라 의뢰 중인 신형 모터 팸플릿 납품 기한을 앞당기는 건과 인쇄 부수 추가 건을 부탁드리려고 합니다.

인사말 다음 두세 줄에서 메일의 요점을 파악하도록 작성

1. 납품 기한을 한 달 앞당길 수 있을까요?

   현재 납품 기한은 3개월 후인 8월 말인데 저희 상품이 예정보다 한 달 빨리 출시될 것 같습니다. 팸플릿 납품 기한도 한 달 앞당겨 주시면 감사하겠습니다.

2. 팸플릿 500부 추가 인쇄, 가능할까요?

   요점을 나눠 보기 편하게 만듦

   기존 3,000부에서 500부 추가한 3,500부로 팸플릿 납품을 부탁드립니다.

바쁘신 와중에 어려운 부탁을 드려 죄송하지만,
상기 두 건을 검토해 주시기 바랍니다.
감사합니다.
스즈키 올림.

"비즈니스 메일의 포인트는 처음 세 줄에 있다. 그 세 줄에 필요한 정보를 모두 넣어 간결하게 작성해야 한다."

_ 멘탈리스트 다이고, 『사람을 조종하는 금단의 문장 기술』

NO. 36 ONE POINT LESSON "업무 메일 작성법"

업무 메일은 제목과 처음 세 줄에서 요점 파악이 끝나도록 간결하게 작성한다.

'쓰는 이'와 '읽는 이'의 개념이 같도록 기준을 정한다

37위는 공통된 이미지, 즉 '기준'에 대한 것이다. 문장 기술 관련 책을 펼치면 '문장이란 원래……'라는 말로 시작하는 저자가 많다. 쓰는 사람이 생각하는 문장의 개념과 읽는 사람이 생각하는 문장의 개념이 같아지도록 '기준'을 정해 주는 것이다.

이처럼 생각과 개념, 사물, 현상 등을 오해 없이 전달하려면 저자와 독자의 이미지를 일치시키는 게 중요하다. 누가 읽어도 공통된 이미지를 가질 수 있게 만들어야 한다. 앞서 몇 차례 언급했지만 비즈니스 문서, 논문, 실무적인 글을 작성할 때는 특히 정확하고 명확한 표현이 가장 중요하다. 애매한 표현은 피하고 가능한 구체적으로 써야 한다.

그러기 위해서는 '누가 읽어도 자신이 생각하는 이미지와 똑같은 이미지가 떠오르는 표현인지' '정확한 정보인지' 등을 자문해 본다. 글을 고치고 다듬을 때마다 이런 질문을 스스로에게 던지면 많은 도움이 될 것이다.

> "논문에는 핵심을 찌르는 질문, 즉 거짓을 간파하는 질문이 필요하다. 전문가들은 한 문장 한 문장마다 '이게 진짜일까?'라고 의심하며 읽기 때문이다."
>
> _ 이시구로 게이, 『논문·리포트의 기본』

NO. 37 ONE POINT LESSON "기준"

❶ 필요한 이미지를 제시함으로써 정보의 기준을 정해 준다.

❷ 애매한 표현은 피하고 가능하면 정확하고 구체적으로 쓴다.

재미있는
글을 만든다

38위는 '재미있는 글을 만드는 방법'이다. 평범한 정보는 읽는 사람을 지루하게 만들고 흥미를 잃게 하는 원인이 된다. 독자가 흥미를 느끼면서 글을 읽으려면 우선 재미있어야 한다.

재미있는 글의 조건은 무엇일까? 글쓰기 전문가들이 한 말을 정리하면 크게 다음 3가지로 나눌 수 있다.

첫째, 수수께끼 풀이와 발견이 호기심을 불러일으킨다. 앞서 나온 『'초' 문장법』의 저자 노구치 유키오는 "논술에서 '재미'는 대부분 수수께끼 풀이와 발견에서 시작된다. 수수께끼는 호기심을 불러일으키고 그것을 채워 주는 과정인 셈이다"라고 말했다. 한 가지 예로 "20대 초반의 ○○ 씨는 평생 쓸 돈을 모은 뒤 25세에 조기 퇴직

했다. 그에게 돈을 모은 방법을 물어보았다"라는 문장을 보면 '저 사람은 어떻게 돈을 모았을까?' 하는 호기심이 생긴다.

둘째, 대부분의 사람이 생각하는 것과 다른 의견을 제시한다. 이때 상대를 설득할 수 있는 근거가 분명하다면 독자는 흥미를 보일 것이다. 한 가지 예로 아직도 스마트폰이 아닌 피처폰을 사용하는 사람이 있다고 하자. 그가 '내가 피처폰을 사용하는 이유' 또는 '사람들이 예상하지 못한 피처폰의 장점' 등을 주제로 설득력 있는 근거를 제시한다면 당연히 재미있는 글이 될 것이다.

셋째, 구성에 심혈을 기울인다. 글을 구성하는 방식은 다양한데 여기에서는 대표적인 5가지 방식을 소개하고자 한다. 하나, 핵심 내용을 첫 문장 또는 첫 문단에 노출하는 '두괄식'. 둘, 문단 끝이나 글의 끝부분에 중심 내용을 서술하는 '미괄식'. 셋, 글의 중간 부분에 중심 내용이 나오는 '중괄식'. 넷, 글의 중심 내용을 앞부분과 끝부분에 반복하는 '양괄식'. 다섯, 시간과 사건 순서에 상관없이 항목별·단위별로 내용을 나열하는 '병렬식'이 바로 그것이다. 구성의 중요성과 그 방법에 대해서는 앞서 자세히 설명했으니 참고하길 바란다.

> **"문체의 묘미, 문장의 개성, 글의 재미, 쓴 사람의 재치 등을 결정하는 게 바로 구성이다."**
>
> _ 고가 후미타케, 『스무 살의 내게 권하고 싶은 문장 강의』

"논문, 설명문, 보고서, 평론, 기획서, 비평문, 수필, 기행문 등의 목적은 오로지 독자를 설득해서 자신의 주장을 수긍하도록 하는 데 있다. 내용이 유익할 뿐 아니라 독자가 글에서 흥미를 잃지 않도록 만들어야 한다."

_ 노구치 유키오, 『'초' 문장법』

NO. 38 ONE POINT LESSON "재미있는 글의 조건"

❶ 사람들의 호기심과 흥미를 자극한다.

❷ 색다른 의견을 제시한다.

❸ 구성에 심혈을 기울인다.

**논리적 근거를
제시한다**

　　39위는 논리성과 정확성, 즉 '근거'에 대한 것이다. 설득력이 있는 글을 쓰려면 명확한 근거를 제시할 수 있어야 한다. '논리적 정확성'이 중요하다는 말이다.

　　'건강을 위해 수분을 많이 섭취해야 한다'라는 논지의 글을 쓴다고 하자. 이때 단순히 '물을 많이 마셔야 한다'라는 내용보다 다음과 같이 근거를 제시하면 훨씬 설득력이 있는 글이 될 것이다.

예문

건강을 위해 수분을 많이 섭취하는 편이 좋다. 보건복지부 발표에 따르면 성인 기준 하루 2.5리터의 수분이 땀과 소변 등으로 사라진다고 한다. 식사를 통해 채워지는 수분, 체내에서 만들어지는 수분만으로는 부족할 수밖에 없다는 말이다. 귀찮더라도 의식적으로 수분을 섭취해야만 한다. 건조한 겨울에는 특히 그렇다.

만약 근거를 제시하는 것이 어렵게 느껴진다면 다음 5가지 방법을 눈여겨보라.

① 연구나 조사 결과를 데이터 또는 숫자 등으로 제시한다.
　OO 회사의 조사에 따르면 눈에 피로감을 느끼는 성인이 80퍼센트 이상인 것으로 나타났다.

② 전문가의 견해를 소개한다.
　△△ 안과 전문의도 "녹황색 채소에 함유된 루테인 성분이 시력 회복에 도움이 된다"라고 말했다.

③ 자신의 경험담을 말한다.
　컴퓨터를 장시간 이용하면 화면이 흐릿하게 보인다. 이때 눈동자를 사방으로 굴리거나 안약을 넣으면 한결 편해진다.

④ 누구나 알 만한 사람의 사례를 소개한다.
　탤런트 OO 씨는 눈을 보호하기 위해 매일 아침 녹황색 채소를 섭취한다고 한다.

⑤ 책이나 신문, 논문 등의 자료를 인용한다.

○○대학교 △△ 교수는 『○○○』에서 "과일에 함유된 ××는 눈의 피로 회복에 큰 효과가 있을 것으로 기대된다"라고 말했다.

"자신의 생각을 말할 때는 어떻게 그런 생각을 하게 되었는지 근거를 제시할 필요가 있다."

_ 노야 시게키, 『증보판 어른을 위한 일본어 세미나』

NO. 39 ONE POINT LESSON **"글의 근거"**

❶ 신뢰성이 높은 숫자나 데이터를 제시한다.

❷ 전문가의 견해를 빌린다.

❸ 자신의 경험담을 말한다.

❹ 누구나 알 만한 사람의 사례를 소개한다.

❺ 책이나 신문, 논문 등의 자료를 인용한다.

**현재진행형 문장은
글에 생동감을 불어넣는다**

40위는 과거형과 현재형, 즉 '시제'와 관련된 것이다. 시제는 '어떤 동작이나 행위가 일어난 시간을 표시하는 것'을 말한다. 이미 지나간 일을 이야기할 때는 과거형, 지금 경험 중이거나 일어나고 있는 일을 설명할 때는 현재형을 쓴다.

글은 대부분 본인의 경험을 바탕으로 한다. 경험을 설명하다 보면 자신도 모르게 과거형으로 표현하는 경우가 많다. 틀린 문법은 아니지만 과거형만 사용하면 문장이 단조로워지기 쉽다. 지루함 없이 생생한 현장감을 전달하고 싶다면 과거형과 현재형을 적절하게 섞는 기술이 필요하다. 다음 예문을 보자.

친구와 여행을 떠나 햅쌀로 지은 밥을 먹었다. 처음 먹어 봤는데 매우 맛있었다. 덕분에 매실 장아찌와 연어 구이로 밥을 두 그릇이나 먹었다. 내년에도 햅쌀이 나오는 시기에 맞춰 이곳에 오고 싶다는 생각을 했다.

친구와 여행을 와서 햅쌀로 지은 밥을 먹고 있다. 처음 먹었는데 매우 맛있다. 덕분에 매실 장아찌와 연어 구이로 밥을 두 그릇째 비우는 중이다. 내년에도 햅쌀이 나오는 시기에 맞춰 이곳에 오고 싶다.

위 예문에서 보듯, 과거형으로 쓰면 '완료된 사건'이라는 인상을 주지만, 현재형을 사용하면 '지금 일어나고 있는 일'이라는 느낌을 준다. 같은 내용이라도 시제에 따라 그 느낌이 현저하게 달라지는 것이다.

마지막으로 과거형 이야기에 현재형 시제를 넣어 생동감과 현장감을 살린 다음 예문을 보자.

늦가을 저녁, 공원으로 산책을 나갔다. 바람이 불자 마른 잎이 춤을 춘다. 마른 잎을 따라가던 꼬마가 넘어졌다. 그 꼬마는 울먹울먹하면서도 혼자

툭툭 털고 일어난다. 보고 있던 어른들이 안도의 한숨을 내쉬었다.

"나는 글을 쓸 때 몇 번이고 문장을 확인한다. 과거형이 많으면 현재형으로 고치기 위해서다. 단지 이것만으로도 문장의 리듬감을 자유롭게 바꿀 수 있다."

_ 미시마 유키오, 『문장 독본』

"과거 이야기에 현재형을 잘만 사용해도 현장감을 살릴 수 있다."

_ 마에다 야스마사, 『정말 글을 못 쓰는데』

NO. 40 ONE POINT LESSON "시제"

과거형을 현재형으로 고치면 문장의 현장감과 생동감이 살아난다.

부   록

참고한 100권 속 노하우를 살린

문장력 트레이닝

실전 글쓰기!

1위	문장은 간결하게 작성한다
2위	매혹적인 글에는 형식이 있다
3위	레이아웃이 글의 분위기를 바꾼다
4위	반드시 고치고 다듬는 과정을 거친다
5위	쉬운 단어를 선택한다
6위	비유와 예시를 적극 활용한다
7위	접속어는 자동차의 '방향지시등'과 같다
8위	아이디어가 생각날 때마다 메모하고, 노트에 적는다
9위	'정확성'은 글쓰기의 기본이다
10위	'훌륭한 문장'은 반복해 읽는다
11위	주어와 서술어는 한 쌍이다
12위	사전을 활용해 어휘력을 키운다
13위	쉼표와 마침표를 대충 찍지 않는다
14위	단락은 자주 바꾼다
15위	일단 많이 써 본다
16위	가독성을 떨어뜨리는 수식어는 고친다
17위	머리말은 마지막까지 신경 쓴다
18위	독자를 강하게 의식한다
19위	'은/는'과 '이/가'를 구분해 쓴다
20위	훌륭한 문장을 베끼어 쓰고 모방한다
21위	글의 연결고리는 나중에 생각해도 된다
22위	확실한 테마를 정한다
23위	문장의 끝을 통일시킨다

24위	에피소드를 적극 활용한다
25위	구성요소를 먼저 생각한다
26위	단어가 중복되지 않도록 한다
27위	제목은 내용을 안내하는 내비게이션이다
28위	글은 곧 그 사람이다
29위	같은 주어가 반복되면 일단 생략한다
30위	문장 훈련이 곧 사고 훈련이다
31위	테크닉에만 집중하면 흔한 문장을 쓰게 된다
32위	가장 좋아하는 문장을 찾는다
33위	'지적 생산술'로 독창성을 높인다
34위	외국어 사용은 최소화한다
35위	공식 문서는 문어체로 작성한다
36위	비즈니스 메일은 간결함이 생명이다
37위	'쓰는 이'와 '읽는 이'의 개념이 같도록 기준을 정한다
38위	재미있는 글을 만든다
39위	논리적 근거를 제시한다
40위	현재진행형 문장은 글에 생동감을 불어넣는다

지금까지 '글쓰기 방법'과 관련된 베스트셀러 100권의 내용 가운데 가장 중요한 포인트만 뽑아 소개했다. 대부분 수긍이 가는 내용이지만 '이대로 하면 정말 좋은 문장, 제대로 전달되는 문장을 쓸 수 있을까?'라는 의구심이 드는 사람도 있을 것이다. 그래서 비즈니스 메일, 일반 메일, 프레젠테이션 자료, 블로그나 SNS에 올리는 게시물 등 4가지 예시를 통해 앞서 소개한 40가지 포인트를 기반으로 글을 수정해 보려고 한다.

다음에 나오는 Before와 After의 내용을 비교하면서 그 변화를 직접 살펴보길 바란다.

흠 잡을 데 없는
비즈니스 메일 작성법

Before

- 제목: 얘산 자료에 대한 건
- 보낸 사람: 미야모토 사오리
- 받는 사람: 오가와 마리코

☆☆ 주식회사
오가와 씨

신세가 많습니다 ABC상사의 미야모토입니다 조금 전 예산안에 대한 협의가 끝나 관련 내용을 클라우드에 업로드해 놓았습니다 예전에 말씀드린 수치화의 의미가 포함되어 있습니다 정보 공유 차원이니 답장하지 않으셔도 됩니다

미야모토 올림.

Before를 보면 메일의 내용이 다소 모호하다. 수신자에게 정보를 제대로 전달하기 위해서는 무엇을 어떻게 고쳐야 할까? 앞서 소개한 40가지 포인트 중 어떤 부분을 적용해야 흠잡을 데 없는 비즈니스 메일이 되는 것일까?

① 레이아웃이 글의 분위기를 바꾼다(NO. 3) / 단락은 자주 바꾼다(NO. 14)
　→ 행갈이를 하고 단락을 늘려 읽기 편하게 만든다.

② '정확성'은 글쓰기의 기본이다(NO. 9)

　→ 제목의 오자를 수정하고 예산의 종류를 명확하게 밝힌다.

③ 쉼표와 마침표를 대충 찍지 않는다(NO. 13)

　→ 의미를 구분할 때마다 쉼표를 찍고, 문장 끝에는 마침표를 찍는다.

After

- 제목: 예산 자료에 대한 건
- 보낸 사람: 미야모토 사오리
- 받는 사람: 오가와 마리코

☆☆ 주식회사
오가와 씨

신세가 많습니다. ABC상사의 미야모토입니다.

3월 18일에 구두로 말씀드렸던 A 안건의 예산 합의가 이루어졌습니다. 정보를 공유하기 위해 다음 서버에 업로드합니다. 확인해 주세요.

https://×××.△△△

앞서 설명이 부족했던 '수치화'의 의미도 덧붙였습니다.
이 메일은 정보 공유 차원으로 보내는 것이니 답장하지 않으셔도 됩니다.

미야모토 올림.

술술 읽히는
일반 메일 작성법

- 제목: 어제는 감사했습니다.
- 보낸 사람: 미야모토 사오리
- 받는 사람: 후지요시 유타카

후지요시 선생님.

안녕하세요. 마야모토입니다.
어제는 정말 감사했습니다. 쉬운 글을 쓰기 위해서는 문장을 간결하게 작성하고, 문장의 형태를 기억하는 것이 중요하다는 이야기, 쉽게 이해할 수 있었습니다. 사람들이 오해 없이 쉽게 읽을 수 있는 글을 쓰기 위해서는 전문용어 없이 내용을 전달하는 것이 중요하다는 것을 알게 되었으니 그렇게 실천하려고 합니다. 또한 저만의 훌륭한 문장을 다음 주까지 꼭 찾도록 하겠습니다. 확실히 익힐 수 있도록 명확하게 글을 쓰는 비결을 가르쳐 주세요.

미야모토 올림.

전달하고자 하는 내용이 너무 많은 메일이다. 수신자에게 정보를 제대로 전달하기 위해서 Before를 어떻게 고쳐야 할까? 앞서 소개한 40가지 포인트 중 어떤 부분을 적용해야 읽기 편한 메일이 되는 것일까? 가장 먼저 '문장은 간결하게(문장은 짧게, 한 문장에 하나의 메시지만 담는다)'를 기준으로 글을 수정해 보자. 자연스럽고 명확한 것은 물론 술술 읽히는 메일로 바뀔 것이다.

① 문장은 간결하게 작성한다(NO. 1)

→ 한 문장은 60자 내외가 되도록 문장을 끊는다.

→ 한 문장에는 하나의 메시지만 담는다.

→ '쉽게' '쉬운' '또한' 등 형용사와 부사의 사용 빈도를 낮춘다.

② 레이아웃이 글의 분위기를 바꾼다(NO. 3)

→ 한 행을 띈다.

③ 주어와 서술어는 한 쌍이다(NO. 11)

→ 주어와 서술어를 호응하게 한다.

④ 단락은 자주 바꾼다(NO. 14)

→ 내용이 바뀌는 부분에서 행갈이를 한다.

⑤ 가독성을 떨어뜨리는 수식어는 고친다(NO. 16)

→ 수식어와 피수식어를 가깝게 둔다.

After

- 제목: 어제 감사했습니다.
- 보낸 사람: 미야모토 사오리
- 받는 사람: 후지요시 유타카

후지요시 선생님,
안녕하세요. 미야모토입니다.

어제 쉬운 글쓰기 방법을 이야기해 주셔서 감사합니다. 그 과정에서 '문장을 간결하게 작성할 것'과 '문장의 형태를 기억할 것'의 중요성을 깨달았습니다.
이제부터 조금씩이라도 '전문용어 없이 내용을 전달할 수 있는 글'을 써 보려고 합니다.

그리고 다음 주까지 꼭 '나만의 훌륭한 문장'을 발견하도록 하겠습니다.
앞으로도 오해 없이 쉽게 글을 쓰는 비결을 알려주시기 바랍니다.
확실하게 익히고 싶습니다.

마야모토 올림.

시선을 한눈에 사로잡는
프레젠테이션 작성법

- 기존 제품의 문제점: 음성 인식 기능이 약하고, 한국어·영어 등 언어에 상관없이 인식한 문장에 오류가 많아 직접 수정해야 하는 번거로움이 있다.

- 고객 설문조사 결과, "음성이 정확하게 들리지 않아 불편하다"라는 의견이 압도적으로 많았다.

- 신상품에 새로운 마이크 도입

- 시험 결과, 신상품에서 음성 인식 오류 반감
  시끄러운 외부 환경에서도 사용이 가능하며, 비용 면에서도 이전보다 뛰어남

위의 예문처럼 정보를 한 장의 슬라이드에 모두 담으면 그 내용이 제대로 전달되지 않는다. 프레젠테이션 자료는 레이아웃과 내용을 간결하게 만드는 게 포인트다.

프레젠테이션은 글로만 전달하는 책이나 기사와 그 성격이 다르다. 발표용 자료라는 특성상 '듣는 이(정보를 받는 사람)'를 강하게 의식해야 한다. 내용을 더

욱 효과적으로 전달하고 싶다면 그림이나 그래프를 사용하는 것이 좋다.

사람들의 시선을 한눈에 사로잡을 수 있는 프레젠테이션을 위해 Before를 어떻게 고쳐야 할까? 앞서 소개한 40가지 포인트 중 어떤 부분을 적용시켜야 전문성을 띤 프레젠테이션 자료가 되는 것일까?

① 문장은 간결하게 작성한다(NO. 1)
→ 하나의 슬라이드에 하나의 메시지만 담는다.
→ 문장을 짧고 간결하게 정리한다.

② 레이아웃이 글의 분위기를 바꾼다(NO. 3)
→ 정보를 받는 사람을 의식하면 전달 방법이 달라진다.

③ 가독성을 떨어뜨리는 수식어는 고친다(NO. 16)
→ 비즈니스 문서를 작성할 때는 숫자와 데이터, 이미지를 적극 활용해 구체적으로 표현하는 게 좋다.

After

기존 제품의 문제점과 고객의 평가

- 기존 제품의 문제점:
  - 음성 인식 기능이 약하다(한국어·영어 등 언어에 상관없이 문장 인식의 오류가 심각하다).
  - 소비자가 오류를 직접 입력, 수정해야 하므로 번거롭다.

- 고객 설문조사 결과:

기존 제품에 만족하십니까?

불만 없다
31%

불만 있다
69%

→ 음성 인식 개선 필요

불만족스러운 점은 무엇입니까? (복수 선택 가능)

부정확한 음성 인식 90%

짧은 배터리 수명 18%

비싼 가격 15%

기타 10%

신상품의 콘셉트

- 새로운 마이크 도입

- 시험 결과, 음성 인식 오류가 '8%→1%'로 감소

- 시끄러운 실외 환경에서도 오차 범위 '0.5%' 미만

- 비용: 1대당 30% 절감

호기심을 자극하는
SNS 게시글 작성법

Before

돈이 모이지 않는 사람의 공통점

5년도 안 돼서 1억 원을 모으는 사람이 있는 반면 돈을 아예 모으지 못하는 사람도 있습니다. 돈을 모으지 못하는 사람들은 대부분 계획성이 없거나 지출 상태를 파악하지 못합니다. 하지만 누구나 많은 돈을 저축하고 싶어 하죠. 이에 돈이 모이지 않는 사람들의 특징과 대책을 정리해 보았습니다!

돈이 모이지 않는 사람들의 첫 번째 특징은 의외로 무리하게 저축한다는 것입니다. 실제 급여의 80퍼센트를 저축하는 사람도 있습니다. 애초 무리한 금액을 적금으로 들고 급한 일이 생기면 그 돈을 찾아 씁니다. 그러면서 "돈을 모을 수 없어"라고 한탄합니다.

돈이 급해서 중도인출을 할 정도라면 저축 금액을 줄여야 합니다. 한번에 큰돈을 모으겠다는 욕심을 버리고 500만 원이 1,000만 원으로, 1,000만 원이 2,000만 원으로 늘어나는 즐거움을 맛봐야 합니다. 이는 엄청난 동기부여가 됩니다. 무엇보다 어느 정도 현금을 보유하면 금전적 여유가 생겨 돈에 쫓길 일도 줄어듭니다.

돈이 모이지 않는 사람들의 두 번째 특징은 돈에 대한 지식이 부족하다는 것입니다. 돈은 마음만 먹으면 누구든지 모을 수 있습니다. 하지만 돈에 대한 지식과 이해도가 있는 사람과 없는 사람의 저축액은 큰 차이를 보입니다. 실제 돈을 순조롭게 저축하는 사람은 재테크 책을 읽거나 강의를 듣습니다. 관련 지식을 쌓다 보면 투자에도 관심이 생겨 더욱 즐겁게 저축을 할 수 있기 때문입니다.

단순히 돈을 모으기만 해서는 목표 금액에 도달하지 못합니다. 목표에 도달하기 위해서는 그에 대해 공부하고, 자신과 대면하는 자세가 필요합니다. 아직까지 구체적인 목표를 세우지 못했다면 전문가의 힘을 빌리는 것도 하나의 방법일 수 있습니다.

블로그나 SNS 등에 올리는 글은 테마를 자유롭게 선택할 수 있다는 특징을 지닌다. 글쓴이의 학력, 직업, 경력에 상관없이 매력적이고 흥미로운 내용이라면 얼마든지 독자의 관심을 끌 수 있다. 결국 '호기심을 자극하는 글'을 쓰는 게 핵심이다. 사람들이 계속 읽고 싶어 하는 글을 쓰려면 Before를 어떻게 고쳐야 할까? 앞서 소개한 40가지 포인트 중 어떤 부분을 적용해야 매력적인 내용으로 독자들의 관심을 끌 수 있을까?

① 문장은 간결하게 작성한다(NO. 1)
→ 한 문장은 60자 내외로 작성한다.

② 단락은 자주 바꾼다(NO. 14)
→ 행갈이를 자주 하면 보기 편한 글이 된다.

③ 머리말은 마지막까지 신경 쓴다(NO. 17)
→ 매력적인 머리말로 독자의 호기심을 자극한다.

④ 제목은 내용을 안내하는 내비게이션이다(NO. 27)
→ 블로그와 SNS 게시글 그리고 인터넷 기사는 특히 제목에 신경을 써야 한다.

돈을 모은 사람과 그렇지 못한 사람의 결정적 차이!

당신의 통장에는 얼마의 돈이 있습니까?

5년 동안 1억 원을 모으는 사람이 있는 반면, 100만 원도 모으지 못하는 사람이 있습니다. 돈을 모으기 위해서는 구체적인 계획이 필요한데, 돈을 모으지 못하는 사람을 보면 대부분 자신의 지출 상태조차 파악하지 못하고 있습니다. 하지만 누구나 많은 돈을 저축하고 싶어 하죠. 그렇다면 어떻게 해야 할까요? 돈을 모으지 못하는 사람들을 위해 지금부터 그 특징과 대책을 정리해 보려고 합니다!

당신이 돈을 모으지 못하는 2가지 이유

1. 무리해서 저축한다

'무리하지 않으면 저축을 할 수 없다'라고 생각하는 사람이 많습니다. 하지만 무리한 저축은 금물입니다. 여유가 없는 상태로 저축을 하게 되면 저금한 돈을 찾아 쓸 수밖에 없습니다. 이런 상황이 되면 자신도 모르게 신세한탄을 하게 됩니다.

저축을 생활화하려면 500만 원이 1,000만 원으로, 1,000만 원이 2,000만 원으로 조금씩 늘어나는 즐거움을 맛봐야 합니다. 이는 곧 저축의 동기부여가 됩니다. 급할 때마다 중도인출을 한다면 저축하는 금액을 줄여야 합니다. 어느 정도 현금을 보유하면 금전적 여유가 생겨 돈에 쫓길 일도 없어지게 됩니다.

2. 돈에 대한 지식이 부족하다

돈은 마음만 먹으면 누구든지 모을 수 있습니다. 그러나 돈을 제대로 모으기 위해서는 관련 지식과 이해가 필요합니다. 돈에 대한 지식이 있는 사람과 그렇지 않은 사람은 저축액에서 큰 차이를 보이기 때문입니다.

저축을 잘하는 사람은 재테크에 대한 관심이 높습니다. 항상 재테크 관련 책을 읽거나 강의를 듣죠. 그렇게 돈에 대한 지식이 생기면 단순히 절약에만 힘쓰지 않고,

돈으로 돈을 버는 '투자'에도 관심을 갖게 됩니다. 더욱 즐겁게 저축할 수 있는 것입니다.

마무리

단순히 돈을 모으기만 해서는 목표한 금액에 도달하지 못합니다. 지출을 파악하고 구체적인 자금 계획을 세우는 것만으로는 부족합니다. 목표를 이루기 위해서는 재테크 관련 공부를 하면서 동기를 부여하고 스스로와 대면하려는 자세도 필요합니다.

아직까지 구체적인 목표를 세우지 못했다면 전문가의 힘을 빌리는 것도 하나의 방법일 수 있습니다.

글은 곧 길이다(文是道)

_ 후지요시 유타카

문장 기술에 대해 서술한 책 대부분은 그 책의 저자가
직접 실천한 글쓰기 방법을 소개하고 있습니다. 하지만 이 책에서는
그런 내용을 찾을 수 없을 것입니다. 개인의 색을 드러내기보다는
제3자의 입장에서 '객관적인 글쓰기 요령'을 정리하고자 노력했기
때문입니다.

그러던 어느 날 이 책의 담당 편집자가 "마지막에 자신들의 이야
기를 써 보는 게 어떻겠느냐"라는 제안을 해 왔습니다. 필자들은 논
의 끝에 편집자의 의견을 받아들이기로 했습니다.

그럼 지금부터 우리가 '글을 쓸 때 가장 중요하게 생각하는 요소
들'에 대해 간략하게 이야기해 보겠습니다.

과거 이 책의 공저자인 오가와 마리코와 한 편집 프로덕션에서 일한 적이 있습니다. 편집 프로덕션은 출판사나 광고 대리점으로부터 도서, 잡지 등의 편집 실무를 위탁받는 하청 회사를 말합니다. 당시 우리가 일하던 프로덕션은 현장을 중시하는 곳이었습니다. 그리고 경력에 상관없이 즉시 업무를 수행할 수 있는 인재를 선호하는 곳이었죠.

우리 두 사람은 편집의 'ㅍ' 자도 모른 상태에서 취재를 하고 원고를 작성해야 했습니다. 원고를 제출할 때마다 많은 지적을 받았고 피드백에 맞춰 계속 수정해야 했죠. 나름 그 과정이 나쁘지는 않았습니다. 덕분에 자연스럽게 글 쓰는 방법을 체득하게 되었으니까요.

그 후 출판사와 자동차 전문지 편집장을 거쳐 2018년 9월, '문장 쓰는 법'과 관련된 책을 만드는 '문도(文道, 일본어 발음은 '분도'-옮긴이)'를 설립했습니다. 현재는 카피라이터와 글 쓰는 방법을 가르치는 일을 겸하고 있습니다.

글을 쓸 때 가장 중요하게 생각하는 것은 '애어(愛語)의 실천'입니다. 애어는 불교 용어로 '진심을 담은 온화한 말' '따뜻한 말' '애정이 담긴 말'이라는 뜻입니다. 이 단어를 가르쳐 주신 분은 다이구 겐쇼 스님인데, 스님의 첫 저서 『괴로움을 내려놓는 법』의 편집과 제작에 참여하면서 자연스럽게 인연을 맺게 되었죠. '문도(글은 곧 길이다(文是道))'라는 회사명도 다이구 겐쇼 스님이 지어 주신 것입니다.

사람들의 생각과 소망, 노하우, 철학, 전문성을 이해하는 작업은 한 사람의 인생을 밝히는 일과도 같습니다. 제가 문장으로 엮어 온 사람들의 생각이 바로 그들의 인생이듯 말입니다.

쓰는 행위에는 읽는 사람의 인생을 바꿀 수 있는 '큰 힘'이 있습니다. 비난하고, 상처 주고, 차별하고, 비방하고, 중상모략하기 위해서가 아니라 누군가를 격려하고 용기를 주기 위해 그 힘을 사용하고 싶은 게 '문도의 마음가짐'입니다.

참고로 문(文)은 '쓰는 일', 도(道)는 '인생' '도덕' '도리'를 뜻합니다. 즉 '쓰는 일은 인생 그 자체다. 쓰는 일은 사람이 행하는 도덕이자 도리다'라는 뜻이 담겨 있습니다.

이 책을 통해 문도가 지향하는 마음가짐이 전달되기를 바랍니다. 감사합니다.

끝은 새로운 시작!
자, 쓰기 시작합시다

_ 오가와 마리코

지난 30여 년을 카피라이터로 살았습니다. 오랫동안 글을 써 왔지만 글쓰기에 있어서만큼은 여전히 햇병아리와 같다고 생각합니다. 그래서 더 많은 것을 배우고 익히려고 노력하는 중입니다.

처음 일을 배운 곳은 당시 한 대기업에 속해 있던 편집 프로덕션이었습니다. 회사의 영업 능력 덕분인지, 버블 붕괴의 혜택인지는 모르겠지만 도서, PR 잡지, 일반 잡지 등에서 엄청나게 많은 일이 몰려들었습니다.

당시 그곳에는 80명 가까운 직원이 있었음에도 불구하고 일이 너무 많아서 몇 가지 프로젝트를 병행해야 했습니다. 하루가 멀다 하고 이어지는 마감 덕분에 언감생심 연애는 꿈도 꾸지 못했습니다. 완성한 글을 상사한테 보고하고 수정하고 납품하면 바로 마감이 예정된 다음 일이 기다리고 있었거든요.

쓰고, 쓰고, 또 썼습니다. 쓰고 또 쓰던 그 시간이 제 문장력의 기초를 만들었다고 해도 과언이 아닙니다.

편한 비결은 없다

사람들은 묻습니다. "어떻게 해야 글쓰기 실력을 키울 수 있을까요?" 그때마다 이렇게 대답합니다. "일단 무조건 많이 써 봐야 합니다(NO. 15)."

우메사오 다다오 역시 『지적 생산의 기술』을 통해 이와 비슷한 이야기를 하고 있습니다. "반복해 말하지만, 실행에 옮기는 것이 중요하다. 실행에 옮기지 않고 머리로만 판단하지 마라. 실행 없는 판단과 비판은 어떤 발전도 불러오지 못한다. (……) 편한 비결은 존재하지 않는다. 스스로 노력하지 않으면 잘 쓸 수 없다".

정말 그렇습니다. 이 책이 좋은 내용을 담고 있지만 읽는 것으로 끝내고 만다면 아무것도 변하지 않습니다. 이 책을 다 읽고 나면 반드시 쓰기를 시작해야 합니다. '끝'은 언제나 새로운 '시작'을 뜻한다는 사실을 우리 모두 기억했으면 좋겠습니다.

시간은 참 빠르게 지나갑니다. 빠른 시간 덕분에 연륜과 글쓰기에 대한 지식을 쌓을 수 있습니다. 그런데 어느 날 이런 생각이 들더군요. '내가 가진 지식을 필요로 하는 사람이 있다면, 도와주고 싶다.'

이 생각은 '문도'의 설립으로 이어졌습니다. 2018년 9월, 편집 프로덕션에서 만난 후지요시 유타카와 글(문장)에 대한 다양한 기술을 전달하는 출판사를 설립하게 된 거죠.

우리는 늘 누구나 활용할 수 있는 문장 기술 관련 책을 만들고 싶었습니다. 더 많은 사람이 애어(愛語)를 활용할 수 있는 문장책을 세상에 선보이고 싶었습니다. 그 바람을 이 책에 담았습니다.

사람을 지키는 말

돌아가시기 전, 아버지께서 만년필을 선물해 주셨습니다. 그 선물 상자에는 "너는 아직 젊다. 지금부터 무슨 일을 해도 그 뜻을 이룰 수 있다"라는 메모가 들어 있었습니다. 마음이 약해질 때마다, 포기하고 싶을 때마다 이 말은 버틸 수 있는 힘이 되어 줍니다. 눈에 보이지 않지만 튼튼한 갑옷처럼 저를 보호해 주고 있습니다. 이처럼 말에는 사람을 지키는 힘이 있습니다. 제게 애어는 '사람을 지키는 말'입니다.

누군가 "글을 쓸 수 있다는 건 강력한 무기를 가지고 있는 것과 같다"라고 말했습니다. "펜은 칼보다 강하다"라는 말도 있죠. 그래서일까요? '언어를 마음대로 사용할 수 있는 사람=강한 사람'이라는 이미지가 존재합니다. 개인적으로 펜을 무기가 아닌 사람을 지키는 데 사용하고 싶습니다. 글로 내 주변과 이웃을 지키는 강한 사람이 되고 싶습니다. 다른 사람을 배려하는 말을 사용하는 사람이 늘어나면 따뜻하고 평화로운 사회가 될 것입니다.

부디 한 명이라도 이 책을 통해 '애어'를 익힐 수 있기를 바랍니다. 감사합니다.

참고한 100권의 도서 목록

* 일러두기: 국내에 출간된 도서는 한글판 도서명과 한국 출판사명으로 표기했습니다.

이 책은 '쓰는 힘' '전달하는 힘'을 테마로 한 책들 가운데 다음 조건을 충족한 100권을 중심으로 만들어졌다. 글은 곧 소통과 기록의 수단이기에 소통 관련 책도 포함시켰다.

- 1989년 이후 종이 또는 전자매체로 간행된 책
- 베스트셀러, 스테디셀러(많은 사람이 받아들인 규칙을 모으기 위해 판매 부수, 책에 대한 평가를 기반으로 산출)

앞서 언급한 조건을 충족하지 못해도 여전히 많은 영향력을 미치고 있는 다음 책들도 대상에 포함시켰다.

- 1925년 이전 간행된 책으로 1989년 이후에도 베스트셀러 또는 스테디셀러라고 인정되거나 한 해 베스트셀러 순위에 들어간 책
- 1989년 이후 개정판이 나온 책
- 역사적으로 이름을 남긴 문호(가와바타 야스나리, 다니자키 준이치로, 미시마 유키오 등), 장르를 불문하고 베스트셀러 작가가 문장론에 대해 쓴 책

'문장 기술' 관련 베스트셀러 100권(순위 기준 없음)

1. 池上彰・竹内政明, 『書く力 私たちはこうして文章を磨いた』, 朝日新聞出版.
   이케가미 아키라・다케우치 마사아키, 『쓰는 힘, 우리는 이렇게 문장을 연마했다』, 아사히신문출판.

2. 井上ひさし ほか(著), 文学の蔵(編),『井上ひさしと141人の仲間たちの作文教室』, 新潮社.

   이노우에 히사시, 문가쿠노쿠라(편),『이노우에 히사시와 141명의 작문 교실』, 신초샤.

3. 山口拓朗,『世界一ラクにスラスラ書ける文章講座』, かんき出版.

   야마구치 다쿠로,『세계에서 가장 편하게 술술 쓸 수 있는 문장 강좌』, 간키출판.

4. 井上ひさし,『自家製 文章読本』, 新潮社.

   이노우에 히사시,『손수 만든 문장 독본』, 신초사.

5. 戸田山和久,『新版 論文の教室 レポートから卒論まで』, NHK出版.

   도다야마 가즈히사,『신판 논문 교실』, NHK출판.

6. 梅田悟司,『『言葉にできる』は武器になる』, 日本経済新聞出版.

   우메다 사토시, 유나현 옮김,『말이 무기다』, 비즈니스북스.

7. 谷崎潤一郎,『文章讀本』, 中央公論新社.

   다니자키 준이치로,『문장 독본』, 추오코론신샤.

8. スティーヴンキング(著)、田村義進(訳),『書くことについて』, 小学館.

   스티븐 킹, 김진준 옮김,『유혹하는 글쓰기』, 김영사.

9. 藤沢晃治,『『分かりやすい文章』の技術』, 講談社.

   후지사와 고지,『『알기 쉬운 문장』의 기술』, 고단샤.

10. 中村圭,『説明は速さで決まる 一瞬で理解される「伝え方」の技術』, きずな出版.

    나카무라 게이,『설명은 속도로 결정된다, 한순간에 이해되는 '전달하는 힘'의 기술』, 기즈나출판.

11. 野口悠紀雄,『「超」文章法 伝えたいことをどう書くか』, 中央公論新社.

    노구치 유키오,『'초' 문장법, 전달하고 싶은 말을 어떻게 쓸까』, 추오코론신샤.

12. 花村太郎,『知的トレーニングの技術(完全独習版)』, 筑摩書房.

    하나무라 다로,『지적 트레이닝의 기술(완전 독학판)』, 치쿠마쇼보.

13. 近藤勝重,『書くことが思いつかない人のための文章教室』, 幻冬舎.

    곤도 가쓰시게,『뭘 쓸지 모르겠는 사람을 위한 문장 교실』, 겐토샤.

14. 木下是雄,『理科系の作文技術』, 中央公論新社.

    기노시타 고레오, 김성수 옮김,『과학 글쓰기 핸드북』, 사이언스북스.

15. 川端康成, 『新文章讀本』, 新潮社.

　　가와바타 야스나리, 『신 문장 독본』, 신초샤.

16. 三宅香帆, 『文芸オタクの私が教えるバズる文章教室』, サンクチュアリ出版.

　　미야케 가호, 『문예 오타쿠인 내가 가르치는 핫한 문장 교실』, 생크추어리출판.

17. 大沢在昌, 『小説講座　売れる作家の全技術　デビューだけで満足してはいけない』, KADOKAWA.

　　오사와 아리마사, 『소설 강좌 잘나가는 작가의 모든 기술, 데뷔로 만족해서는 안 된다』, KADOKAWA.

18. 池上彰, 『「話す」「書く」「聞く」能力が仕事を変える! 伝える力』, PHP研究所.

　　이케가미 아키라, 『'이야기하다' '쓰다' '듣다' 능력이 일을 바꾼다! 전달하는 힘』, PHP연구소

19. 樋口裕一, 『人の心を動かす文章術』, 草思社.

　　히구치 유이치, 『사람의 마음을 움직이는 문장 기술』, 소시샤.

20. 石黒圭, 『この1冊できちんと書ける! 論文・レポートの基本』, 日本実業出版社.

　　이시구로 게이, 『이 한 권으로 쓸 수 있다! 논문・리포트의 기본』, 니혼지츠교출판사.

21. 辰濃和男, 『文章の書き方』, 岩波書店.

　　다쓰노 가즈오, 『문장 쓰는 법』, 이와나미쇼텐.

22. 外山滋比古, 『知的文章術 誰も教えてくれない心をつかむ書き方』, 大和書房.

　　도야마 시게히코, 『지적인 문장 기술, 아무도 가르쳐 주지 않는 마음을 붙잡는 글쓰기 방법』, 다이와쇼보.

23. 藤沢晃治, 『新装版「分かりやすい表現」の技術 意図を正しく伝えるための16のルール』, 文響社.

　　후지사와 고지, 『신판 '알기 쉬운 표현'의 기술, 의도를 정확하게 전달하기 위한 16가지 규칙』, 분쿄샤.

24. 日垣隆, 『すぐに稼げる文章術』, 幻冬舎.

　　히가키 다카시, 『바로 돈을 버는 문장 기술』, 겐토샤.

25. 山口拓朗, 『文章が劇的にウマくなる「接続詞」』, 明日香出版社.

　　야마구치 다쿠로, 『문장이 극적으로 좋아지는 '접속어'』, 아스카출판사.

26. 板坂元, 『考える技術・書く技術』, 講談社.

　　이타사카 겐, 『생각하는 기술・쓰는 기술』, 고단샤.

27. 小笠原喜康, 『最新版 大学生のためのレポート・論文術』, 講談社.

　　오가사와라 히로야스, 『최신판 대학생을 위한 리포트와 논문 쓰는 법』, 고단샤.

28. 樺沢紫苑, 『学びを結果に変えるアウトプット大全』, サンクチュアリ出版.

가바사와 시온, 전경아 옮김, 『아웃풋 트레이닝』, 토마토출판사.

29. 夢枕獏, 『秘伝「書く」技術』, 集英社.

유메마쿠라 바쿠, 『비법 '쓰는' 기술』, 슈에이샤.

30. 佐藤優, 『調べる技術 書く技術 誰でも本物の教養が身につく知的アウトプットの極意』, SBクリ

エイティブ.

사토 마사루, 『찾아보는 기술·쓰는 기술, 누구나 진정한 교양을 익히는 지적 아웃풋 비법』, SB크

리에이티브.

31. 前田裕二 『メモの魔力』, 幻冬舎.

마에다 유지, 김윤경 옮김, 『메모의 마력』, 비즈니스북스.

32. 梅棹忠夫, 『知的生産の技術』, AK Communications.

우메사오 다다오, 김욱 옮김, 『지적 생산의 기술』, 에이케이커뮤니케이션즈.

33. 丸谷才一, 『文章読本』, 中央公論新社.

마루야 사이이치, 『문장 독본』, 추오코론신샤.

34. 本多勝一, 『〈新版〉日本語の作文技術』, 朝日新聞出版.

혼다 가쓰이치, 『〈신판〉일본어 작문 기술』, 아사히신문출판.

35. 山口謠司, 『語彙力がないまま社会人になってしまった人へ』, ワニブックス.

야마구치 요지, 『어휘력이 없는 채로 사회인이 된 사람에게』, 와니북스출판사.

36. 古賀史健, 『20歳の自分に受けさせたい文章講義』, 星海社.

고가 후미타케, 『스무 살의 내게 권하고 싶은 문장 강의』, 세이타이샤.

37. スクール東京, 『悪文・乱文から卒業する 正しい日本語の書き方』, ディスカヴァー・トゥ エンティワン.

스쿨 도쿄, 『'악문과 난문을 졸업하다' 정확한 글을 쓰는 법』, Discover 21.

38. コグレマサト, まつゆう, 『noteではじめる 新しいアウトプットの教室 楽しく続けるクリ エイタ

ー生活』, インプレス.

고구레 마사토, 마쓰유, 『노트로 시작하는 새로운 아웃풋 교실, 즐겁게 지속 가능한 크리에이터 생

활』, 인프레스출판사.

39. 三浦崇宏, 『言語化力 言葉にできれば人生は変わる』, SBクリエイティブ.

미우라 다카히로, 김영혜 옮김, 『언어화의 힘』, 시그마북스.

40. 大野晋, 『日本語練習帳』, 岩波書店.

오노 스스무, 『일본어 연습장』, 이와나미쇼텐.

41. 清水幾太郎, 『論文の書き方』, 岩波書店.

시미즈 이쿠타로, 『논문 쓰는 방법』, 이와나미쇼텐.

42. 辰濃和男, 『文章のみがき方』, 岩波書店.

다쓰노 가즈오, 윤은혜 옮김, 『어느 노(老) 언론인의 작문 노트』, 지식노마드.

43. ダン·S·ケネディ(著), 『神田昌典(監修), 齋藤慎子(訳), 『究極のセールスレターシンプルだけど、
一生役立つ! お客様の心をわしづかみにするためのバイブル』, 東洋経済新報社.

댄 S. 케네디, 간다 마사노리(감수), 사이토 신코 옮김, 『궁극의 마케팅 계획』, 애덤스미디어(4판).

44. 伊丹敬之, 『創造的論文の書き方』, 有斐閣.

이타미 히로유키, 『창조적 논문을 쓰는 법』, 유희카쿠.

45. リップシャッツ, 信元夏代, 『20字に削ぎ落とせ ワンビッグメッセージで相手を動かす』, 朝日新
聞出版.

나쓰요 립슈츠(Natsuyo N. Lipschutz), 황미숙 옮김, 『한 문장으로 말하라』, 비즈니스북스.

46. 山崎康司, 『入門 考える技術·書く技術 日本人のロジカルシンキング実践法』, ダイヤモンド社.

야마자키 고지, 『입문 생각하는 기술·쓰는 기술, 일본인의 로지컬 싱킹 실천법』, 다이아몬드샤

47. 樋口裕一, 『ホンモノの文章力 自分を売り込む技術』, 集英社.

히구치 유이치, 『진짜 문장력』, 슈에이샤.

48. メンタリストDaiGo, 『人を操る禁断の文章術』, かんき出版.

멘탈리스트 다이고, 『사람을 조종하는 금단의 문장 기술』, 간키출판.

49. 谷山雅計, 『広告コピーってこう書くんだ! 読本』, 宣伝会議.

다니야마 마사카즈, 『광고 문구, 이렇게 쓴다! 독본』, 센덴카이기.

50. 小笠原信之, 『伝わる! 文章力が身につく本』, 高橋書店.

오가사와라 노부유키, 『전달된다! 문장력을 익히는 책』, 다가하시쇼텐.

51. 野矢茂樹, 『増補版 大人のための国語ゼミ』, 筑摩書房.

노야 시게키, 『증보판 어른을 위한 일본어 세미나』, 치쿠마쇼보.

52. 三島由紀夫, 『文章読本』, 中央公論新社.

미시마 유키오, 『문장 독본』, 추오코론신샤.

53. 前田安正, 『マジ文章書けないんだけど 朝日新聞ベテラン校閲記者が教える一生モノの文章術』, 大和書房.

마에다 야스마사, 『정말 글을 못 쓰는데, 아시히신문 베테랑 교열기자가 알려주는 평생 문장 기술』, 다이와쇼보.

54. 貝田桃子(著), さくらももこ(キャラクター原作), 『ちびまる子ちゃんの作文教室』, 集英社.

가이타 모모코, 사쿠라 모모쿠(캐릭터 원작), 『아홉 살 마루코의 작문 교실』, 슈에이샤.

55. 白潟敏朗, 『仕事の「5力」』, KADOKAWA.

시라가타 도시로, 『일의 '5가지 힘'』, KADOKAWA.

56. ひきたよしあき, 『博報堂スピーチライターが教える5日間で言葉が「思いつかない」「まとまらない」「伝わらない」がなくなる本』, 大和出版.

히키타 요시아키, 『하쿠호도 스피치 라이터가 가르치는 5일 만에 단어가 '생각나지 않는다', '정리되지 않는다', '전달되지 않는다' 가 사라지는 책』, 다이와출판.

57. 外山滋比古, 『思考の整理学』, 筑摩書房.

도야마 시게히코, 전경아 옮김, 『생각의 틀을 바꿔라』, 책이 있는 풍경.

58. 菅原圭, 『50歳からの語彙トレ』, 大和書房.

스가하라 케이, 『50세부터의 어휘 트레이닝』, 다이와쇼보.

59. 小西利行, 『伝わっているか?』, 宣伝会議.

고니시 도시유키, 『전달되고 있나?』, 센덴카이기.

60. 橋口幸生, 『言葉ダイエット メール, 企画書, 就職活動が変わる最強の文章術』, 宣伝会議.

하시구치 유키오, 『단어 다이어트 메일-기획서, 취직 활동이 달라지는 최강의 문장 기술』, 센덴카이기.

61. 藤沢晃治, 『「分かりやすい説明」の技術 最強のプレゼンテーション15のルール』, 講談社.

후지사와 고지, 『'알기 쉬운 설명'의 기술 최강의 프레젠테이션 15가지 규칙』, 고단샤.

62. 杉野幹人,『超·箇条書き「10倍速く, 魅力的に」伝える技術』, ダイヤモンド社.

   스기노 미토키,『초·항목별 쓰기 '10배 빠르게, 매력적으로' 전달하는 기술』, 다이아몬드샤.

63. 櫻井弘(監修),『大人なら知っておきたいモノの言い方サクッとノート』, 永岡書店.

   사쿠라이 히로시(감수),『어른이라면 꼭 알아두고 싶은 간결한 말솜씨 노트』, 나가오카쇼텐.

64. 戸田久実,『アンガーマネジメント 1分で解決! 怒らない伝え方』, かんき出版.

   도다 히사미,『분노 조절을 1분 만에 해결! 화를 내지 않는 전달 방법』, 간키출판.

65. ジェイ·ハインリックス(著), 多賀谷正子(訳),『THE RHETORIC人生の武器としての伝える技術』, ポプラ社

   제이 하인릭스, 다가야 마사코 옮김,『THE RHETORIC 인생의 무기로 전달하는 기술』, 포플러샤.

66. 倉島保美,『改訂新版 書く技術·伝える技術』, あさ出版.

   구라시마 야스미,『개정 신판 쓰는 기술·전달하는 기술』, 아사출판.

67. 上田正仁,『東大物理学者が教える「伝える力」の鍛え方』, PHP研究所.

   우에다 마사히토,『도쿄대학 물리학자가 알려주는 '전달하는 힘'을 연마하는 방법』, PHP연구소.

68. 瀬戸賢一,『日本語のレトリック 文章表現の技法』, 岩波書店.

   세토 겐이치,『일본어 레토릭 문장 표현 기법』, 이와나미쇼텐.

69. 岩淵悦太郎,『伝わる文章の作法 悪文』, KADOKAWA.

   이와부치 에쓰타로,『전달되는 문장의 작법 악문』, KADOKAWA.

70. ナタリー·ゴールドバーグ(著), 小谷啓子(訳),『書けるひとになる! 魂の文章術』, 扶桑社.

   나탈리 골드버그, 권진욱 옮김,『뼛속까지 내려가서 써라』, 한문화.

71. 平田オリザ,『わかりあえないことから コミュニケーション能力とは何か』, 講談社.

   히라타 오리자,『서로 이해하지 못하는 곳에서부터의 시작, 소통 능력이란 무엇인가』, 고단샤.

72. 鈴木鋭智,『改訂版 何を書けばいいかわからない人のための小論文のオキテ55』, KADOKAWA.

   스즈키 에이치,『개정판 뭘 쓸지 모르는 사람을 위한 소논문 규칙 55』, KADOKAWA.

73. 矢嶋弥四郎·中川越,『新版 他人に聞けない文書の書き方』, 日本実業出版社.

   야지마 야지로·나카가와 에쓰시,『신판 타인한테 듣지 못하는 문서 쓰는 방법』, 니혼지츠교출판사.

74. 飯間浩明,『伝わるシンプル文章術』, ディスカヴァー·トゥエンティワン.

   이마 히로아키,『전달되는 간결한 문장 기술』, Discover 21.

75. カーマイン·ガロ(著), 井口耕二(訳), 『伝え方大全 AI時代に必要なのはIQよりも説得力』, 日経BP.

카마인 갤로, 이구치 코지 옮김, 『전하는 법 대전, AI 시대에 필요한 것은 IQ보다도 설득력』, 닛케이 BP.

76. 河野哲也, 『レポート·論文の書き方入門 第4版』, 慶應義塾大学出版会.

고노 데쓰야, 『레포트·논문 쓰는 법 입문 제4판』, 게이오기주쿠대학 출판회.

77. 齋藤孝, 『大人の語彙力ノート 誰からも「できる!」と思われる』, SBクリエイティブ.

사이토 다카시, 『어른의 어휘력 노트, 누구든 '쓸 수 있다!'는 생각이 든다』, SB크리에이티브.

78. 高田貴久, 『ロジカル·プレゼンテーション 自分の考えを効果的に伝える戦略コンサルタントの「提案の技術」』, 英治出版.

다카하시 다카다, 『로지컬 프레젠테이션, 자기 생각을 효과적으로 전달하는 전략 컨설턴트의 '제안 기술'』, 에이지출판.

79. 中島泰成, 『プロの代筆屋による心を動かす魔法の文章術』, 立東舎.

나카지마 야스나리, 『프로 대필가가 알려주는 마음을 움직이는 마법의 문장술』, 릿토샤.

80. かん吉, 『人気ブログの作り方 5ヶ月で月45万PVを突破したブログ運営術』, スモールライフ株式会社.

간키치, 『인기 블로그 만드는 법, 5개월 만에 월 45만 페이지 뷰를 돌파한 블로그 운영 기술』, 스몰라이프주식회사.

81. 大久保進, 『「わかりやすい」文章を書く全技術100』, クールメディア出版.

오쿠보 스스무, 『'쉬운' 문장을 쓰는 기술 100』, 쿨미디어출판.

82. 瀬戸賢一, 『書くための文章読本』, 集英社インターナショナル.

세토 겐이치, 『쓰기 위한 문장 독본』, 슈에이샤인터내셔널.

83. 星渉, 『神トーーク「伝え方しだい」で人生は思い通り』, KADOKAWA.

호시 와타루, 『신과의 대화 '전달하는 방법에 따라' 인생은 생각대로』, KADOKAWA.

84. 小霜和也, 『ここらで広告コピーの本当の話をします。』, 宣伝会議.

고시모 가즈야, 『지금부터 광고 카피의 진실을 이야기하겠습니다』, 센덴카이기.

85. D·カーネギー(著), 市野安雄(翻訳), 『カーネギー話し方入門 文庫版』, 創元社.

데일 카네기, 권오열·강성북 옮김, 『데일 카네기 성공대화론』, 리베르.

86. 長尾達也,『小論文を学ぶ 知の構築のために』, 山川出版社.

나가오 다쓰야,『소논문을 배운다, 지의 구축을 위해』, 야마카와출판사.

87. 石黒圭,『文章は接続詞で決まる』, 光文社.

이시구로 게이,『문장은 접속사로 결정된다』, 고분샤.

88. 中川路亜記,『気のきいた短いメールが書ける本 そのまま使える! 短くても失礼のないメール術』,
ダイヤモンド社.

나카카와지 아키,『센스 있는 짧은 메일을 쓸 수 있는 책, 그대로 보낼 수 있다! 짧아도 예의를
지키는 메일 기술』, 다이아몬드샤.

89. 田中耕比古,『一番伝わる説明の順番』, フォレスト出版.

다나카 다카히코,『가장 잘 전달되는 설명 순서』, 포레스트출판.

90. 平野友朗(監修),『短いフレーズで気持ちが伝わる! モノの書き方サクッとノート』, 永岡書店.

히라노 도모아키(감수),『짧은 문장으로 마음을 전달한다! 간결한 노트로 글 쓰는 법』, 나가오카쇼텐.

91. 話題の達人倶楽部(編),『できる大人のモノの言い方大全』, 青春出版社.

화제의 달인 클럽(편),『능력 있는 어른의 말솜씨 대전』, 세이순출판사.

92. 河野英太郎,『99%の人がしていないたった1%の仕事のコツ』, ディスカヴァー・トゥエンティワン.

고우노에이 다로,『99%가 하지 않은 1%의 일하는 요령』, Discover 21.

93. 山田ズーニー,『伝わる・揺さぶる! 文章を書く』, PHP研究所.

야마다즈니,『전해진다·흔들린다! 문장을 쓴다』, PHP연구소.

94. 西岡壱誠,『「伝える力」と「地頭力」がいっきに高まる 東大作文』, 東洋経済新報社.

니시오카 잇세이,『'전달하는 힘'과 '문제해결 능력'이 한 번에 향상되는 도쿄대학 작문』, 도요게이자
이신보샤.

95. ジェームス・W・ヤング(著), 今井茂雄(訳),『アイデアのつくり方』, CCCメディアハウス

제임스 웹 영, 이지연 옮김,『아이디어 생산법』, 윌북.

96. 関和之,『学校では教えてくれない大切なこと23 文章がうまくなる』, 旺文社.

세키 가즈유키,『학교에서 가르쳐 주지 않는 중요한 것 23, 문장이 좋아진다』, 오우분샤.

97. 斎藤美奈子,『文章読本さん江』, 筑摩書房.

사이토 마니코, 『문장 독본 상강』, 치쿠마쇼보.

98. 鶴野充茂,「頭のいい説明「すぐできる」コツ 今日, 結果が出る!」, 三笠書房.

　　쓰루노 미쓰시게, 『똑똑한 설명 '바로 할 수 있다' 요령 오늘, 결과를 얻는다!』, 미사시쇼보.

99. 杉原厚吉『理科系のための英文作法 文章をなめらかにつなぐ四つの法則』, 中央公論新社.

　　스기하라 고우키치, 『이과계를 위한 영문 작법, 문장을 부드럽게 연결하는 4가지 법칙』, 추오코론신샤.

100. ムーギー・キム, 『世界トップエリートのコミュ力の基本 ビジネスコミュニケーション能力を劇的に高る33の絶対ルール』, PHP研究所.

　　김무귀(Kim Moo gwi), 김세원 옮김, 『괴짜 엘리트, 최고들의 일하는 법을 훔치다』, 청림출판.

그 외 참고도서

1. 文部省, 『国語問題問答 第2集』, 光風出版.

　　문부성, 『일본어 문제 문답 제2집』, 고우후출판.

2. 『臨床眼科』, 醫學書院, 60卷 7號, 2006年 7月, 60卷 7號.

　　『임상 안과』(60권 7호), 의학서원, 2006년 7월.

3. 園善博, 『本がどんどん読める本』, 講談社.

　　소노요시 히로, 『책이 척척 읽히는 책』, 고단샤.

4. 『本の中身が頭に入ってこない人のための読書のルール』, KADOKAWA.

　　『책 내용이 머릿속에 들어가지 않는 사람을 위한 독서 규칙』, 카도가와.

5. 村上春喜, 『若い読者のための短編小説案内)』, 文藝春秋.

　　무라카미 하루키, 『젊은 독자를 위한 단편소설 안내』, 분게이슌주.

6. 木下是雄, 『学研国語大辞典』, 学研プラス.

　　기노시타 고레오, 『학연 일본어 대사전』, 가쿠엔플러스.

7. 佐藤優, 『ジャパンナレッジ』, ネットアドバンス運営 / オンライン事典・辞書サイト.

　　사토 마사루, 『재팬 날리지』, 넷어드밴스 운영, 온라인 사전과 사전 사이.

8. 辰濃和男, 『角川必携国語辞典』, 角川書店.

   다쓰노 가즈오, 『가도가와 필수 일본어 사전』, 가도카와쇼텐.

9. 『朝日新聞の用語の手引』, 朝日新聞出版.

   『아사히신문 용어 사전』, 아사히신문출판.

10. 『逆引き広辞苑』, 岩波書店.

    『역순 사전 고지엔』, 이와나미쇼텐.

11. 『三省堂類語新辞典』, 三省堂.

    『산세이도 유의어 신사전』, 산세이도.

12. 戸田山和久, 『日本語使いさばき辞典 時に応じ場合に即し 改訂増補版』, あすとろ出版.

    도다야마 가즈히사, 『일본어를 잘 다루는 사전- 때에 따라, 경우에 따라 개정 증보판』, 아수토로출판.

13. 『角川類語新辞典』, 角川書店.

    『가도가와 유의어 신사전』, 가도카와쇼텐.

14. 『デジタル類語辞典 第7版』, ジャングル.

    『디지털 유의어 사전 제7판』, 정글.

15. 『類語大辞典』, 講談社.

    『유의어 대사전』, 고단샤.

16. 『使い方の分かる類語例解辞典 新装版』, 小学館.

    『사용법이 보이는 유의어 예해 사전 신장판』, 쇼가쿠칸.

17. 大愚元勝, 『苦しみの手放し方』, ダイヤモンド社.

    다이구 겐쇼, 『괴로움을 내려놓는 법』, 다이아몬드샤.

18. 小川真理子, 『親が倒れたときに読む本』, 枻出版.

    오가와 마리코, 『부모가 쓰러졌을 때 읽는 책』, 에이출판.

1. 헷갈리는 맞춤법 총정리

2. 알쏭달쏭 우리말 띄어쓰기

1. 햇깔리는?(X)
헷갈리는!(O) 맞춤법 총정리

X	O	X	O
가늘다랗다	가느다랗다	괜시리	괜스레
가벼히	가벼이	괴념하다	괘념하다
간지르다	간질이다	괴씸하다	괘씸하다
갈갈이	갈가리	교양곡	교향곡
갖히다	갇히다	구렛나루	구레나룻
개거품	게거품	구비구비	굽이굽이
개구장이	개구쟁이	구지	굳이
갯수	개수	궁시렁거리다	구시렁거리다
건내주다	건네주다	귀뜸	귀띔
건데기	건더기	귓볼	귓불
건들이다	건드리다	금새	금세
걷어부치다	걷어붙이다	기여이	기어이
겨땀	곁땀	깊숙히	깊숙이
고즈넉히	고즈넉이	까무라치다	까무러치다
고지곧대로	곧이곧대로	까발기다	까발리다
고추가루	고춧가루	깔대기	깔때기
골벵이	골뱅이	깔아뭉게다	깔아뭉개다
골아떨어지다	곯아떨어지다	껴맞추다	꿰맞추다
곰곰히	곰곰이	꼬득이다	꼬드기다
곱배기	곱빼기	끝발	끗발
공기밥	공깃밥	끝트머리	끄트머리
공항장애	공황장애	끼여들기	끼어들기

ㄴ

X	O
나루배	나룻배
나뭇꾼	나무꾼
나즈막하다	나지막하다
날라가다	날아가다
낭떨어지	낭떠러지
내노라하다	내로라하다
널부러지다	널브러지다
넓다랗다	널따랗다
넓이뛰기	멀리뛰기
넓직하다	널찍하다
넙적다리	넓적다리
뇌졸증	뇌졸중
누래지다	누레지다
눈꼽	눈곱
눈쌀	눈살
눌러붙다	눌어붙다
느즈막하다	느지막하다
늙으막	늘그막

ㄷ

X	O
닥달하다	닦달하다
단발마	단말마
단백하다	담백하다

X	O
단촐하다	단출하다
달디달다	다디달다
당체, 당췌	당최
대중요법	대증요법
댓가	대가
덥밥	덮밥
덥썩	덥석
도찐개찐	도긴개긴
독고노인	독거노인
돌맹이	돌멩이
되물림	대물림
되려	되레
두더쥐	두더지
뒤치닥거리	뒤치다꺼리
뒷태	뒤태
뒷통수	뒤통수
뒷풀이	뒤풀이
들어나다	드러나다
딱다구리	딱따구리
딸래미	딸내미
(기운이)딸리다	(기운이)달리다
뗏목	뗏목
떡볶기	떡볶이
떫떠름하다	떨떠름하다
띄워쓰기	띄어쓰기
띠엄띠엄	띄엄띄엄

ㅁ

X	O
마굿간	마구간
막내동생	막냇동생
말빨	말발
맛배기	맛보기
망신창이	만신창이
맞기다	맡기다
매마르다	메마르다
맥아리	매가리
맷돼지	멧돼지
먼지털이	먼지떨이
멀건히	멀거니
멋드러지다	멋들어지다
멋적다	멋쩍다
멧돌	맷돌
며칠날	며칫날
몇일	며칠
몸뚱아리	몸뚱어리
몰아부치다	몰아붙이다
못쓸	몹쓸
무뇌한	문외한
무릎쓰다	무릅쓰다
무릎팍	무르팍
무우	무
미끌어지다	미끄러지다
미싯가루	미숫가루
미쳐	미처

ㅂ

X	O
반댓말	반대말
반짓고리	반짇고리
받아드리다	받아들이다
발자욱	발자국
방방곳곳	방방곡곡
배끼다	베끼다
배짱이	베짱이
벌개지다	벌게지다
벌칙금	범칙금
벗꽃	벚꽃
벼란간	별안간
별르다	벼르다
본떼	본때
뵈요	봬요
부과세	부가세
부비다	비비다
부추키다	부추기다
북받히다	북받치다
북세통	북새통
볼성사납다	볼썽사납다
불이나케	부리나케
비뚜루	비뚜로
비로서	비로소
비릿내	비린내
빈털털이	빈털터리
뽀개다	빠개다

X	O
사기충전	사기충천
사죽	사족
삵쾡이	살쾡이
새뱃돈	세뱃돈
새침떼기	새침데기
서슴치	서슴지
설겆이	설거지
설레임	설렘
성대묘사	성대모사
소시적	소싯적
속알딱지	소갈딱지
손사레	손사래
솓구치다	솟구치다
수구리다	수그리다
수근거리다	수군거리다
숨박꼭질	숨바꼭질
쉽상	십상
승락	승낙
시덥잖다	시답잖다
시라소니	스라소니
실증나다	싫증나다
쌍커풀	쌍꺼풀
쌩뚱맞다	생뚱맞다
쏟아붇다	쏟아붓다
쑥맥	숙맥
쓸대없다	쓸데없다

X	O
아둥바둥	아등바등
악발이	악바리
안밖	안팎
안성마춤	안성맞춤
안스럽다	안쓰럽다
안절부절하다	안절부절못하다
얇팍하다	얄팍하다
앞존법	압존법
애시당초	애당초
야밤도주	야반도주
얕트막하다	야트막하다
어따 대고	얻다 대고
어리버리	어리바리
어물쩡	어물쩍
어의없다	어이없다
어줍잖다	어쭙잖다
어짜피	어차피
얼차레	얼차려
얼키고설키다, 얽히고 섥히다	얽히고설키다
얽메다	얽매다
엇그제	엊그제
에리다	아리다
여이다	여의다
역활	역할
오도방정	오두방정

X	O
오돌뼈	오도독뼈
오뚜기	오뚝이
오랫만에	오랜만에
오지랍	오지랖
옳바르다	올바르다
왠 떡이야	웬 떡이야
왠만하면	웬만하면
외곬수	외골수
왼종일	온종일
우겨넣다	욱여넣다
우뢰	우레
우유곽	우유갑
울궈먹다	우려먹다
움추리다	움츠리다
원할하다	원활하다
웬간히	웬만히
유래없이	유례없이
육계장	육개장
으례	으레
으시대다	으스대다
으시시하다	으스스하다
응큼하다	엉큼하다
이래 뵈도	이래 봬도
일부로	일부러
일사분란	일사불란
임마	인마

X	O
착찹하다	착잡하다
찰라	찰나
채이다	차이다
처가집	처갓집
처들어오다	쳐들어오다
천정	천장
철닥서니	철딱서니
초생달	초승달
초죽음	초주검
촛점	초점
총뿌리	총부리
최대값	최댓값
최소값	최솟값
추스리다	추스르다
치고박고	치고받고
치루다	치르다
캐캐묵은	케케묵은
캥기다	켕기다
콧배기	코빼기
콧털	코털
퀘퀘하다	퀴퀴하다
타일르다	타이르다
탐탁치	탐탁지
통채	통째
통털어	통틀어
트름	트림

X	O
틈틈히	틈틈이
파토	파투
파해치다	파헤치다
팽게치다	팽개치다
퍼붇다	퍼붓다
폐륜아	패륜아
포복졸도	포복절도
풍지박산	풍비박산

X	O
하마트면	하마터면
한갓	한갓
한겨례	한겨레
할일없이	하릴없이
해 질 녁	해 질 녘
해까닥	회까닥
해꼬지	해코지
해프다	헤프다
핼쓱하다	핼쑥하다
햇갈리다	헷갈리다
햇님	해님
행가래	헹가래
향균	항균

X	O
허드랫일	허드렛일
허래허식	허례허식
헝겁	헝겊
현제	현재
헝겁	헝겊
호르라기	호루라기
혼자말	혼잣말
화이팅	파이팅
환골탈퇴	환골탈태
홧병	화병
황당무개	황당무계
회손	훼손
회수	횟수
횡패	행패
횡하다	휑하다
후뚜루마뚜루	휘뚜루마뚜루
후한	후환
흉칙하다	흉측하다
흐리멍텅하다	흐리멍덩하다
희안하다	희한하다
히히덕거리다	시시덕거리다

2. 알쏭달쏭 우리말 띄어쓰기

X	O
가슴아프게	가슴 아프게
가운데 손가락	가운뎃손가락
가족간	가족 간
각가정	각 가정
간이휴게소	간이 휴게소
갈거야	갈 거야
강요 받다	강요받다
검토한 바	검토한바
겨울 날씨 치고	겨울 날씨치고
견뎌내다	견대 내다
고 인	고인(故人)
고맙고 말고	고맙고말고
고장나다	고장 나다
고홍길동	고(故) 홍길동
구제불능	구제 불능
국가간	국가 간
귀 사	귀사(貴社)
귀회사	귀(貴) 회사
그 곳	그곳
그 까닭인 즉	그 까닭인즉
그 다음 날	그다음 날
그 동안	그동안

X	O
그 때	그때
그 뿐 아니라	그뿐 아니라
그 중	그중
그때 그때	그때그때
그럴 듯하다	그럴듯하다
그럴싸 하다	그럴싸하다
근무중	근무 중
꿈 속	꿈속
끝 없이	끝없이

X	O
나 밖에	나밖에
난리치다	난리 치다
남녀간	남녀 간
내것	내 것
내년초	내년 초
내려 오다	내려오다
내실있는	내실 있는
너 같이	너같이

X	O
너 같이	너같이
너 만큼	너만큼
넘겨 주다	넘겨주다
넘쳐 흐르다	넘쳐흐르다
농사 짓다	농사짓다
누구 처럼	누구처럼
눈물나다	눈물 나다
눌러 살다	눌러살다

X	O
더이상	더 이상
덜 떨어지다	덜떨어지다
도와 주다	도와주다
돌려 주다	돌려주다
동료간에	동료 간에
되는 대로	되는대로
두곳에서	두 곳에서
두살	두 살
뒷 산	뒷산
들어가기는 커녕	들어가기는커녕
따라하다	따라 하다
따른다고할 때	따른다고 할 때
딴일	딴 일

X	O
땅 속	땅속
때 맞추다	때맞추다
떠난지	떠난 지

X	O
마음 속	마음속
만나봬서	만나 봬서
말 끝	말끝
말하는대로	말하는 대로
맨꼭대기	맨 꼭대기
먹는중	먹는 중
먹을거야	먹을 거야
명실 공히	명실공히
몇명	몇 명
몇번	몇 번
몸 속	몸속
못가다	못 가다
못먹는다	못 먹는다
무의식 중	무의식중
물 속	물속
뭇백성	뭇 백성
미움 받다	미움받다

X	O
바깥 세상	바깥세상
바로 잡다	바로잡다
박살나다	박살 나다
방정떨다	방정 떨다
방학동안	방학 동안
변동없음	변동 없음
별 말	별말
별 수	별수
별 일	별일
별 짓	별짓
보고싶다	보고 싶다
보란듯이	보란 듯이
보아 하니	보아하니
부모 자식간	부모 자식 간
부부 간	부부간(내외간)
비상 시	비상시
비오는 날	비 오는 날
빌려 주다	빌려주다
빠져 나오다	빠져나오다

X	O
사흘 간	사흘간
산 속	산속
살아 오다	살아오다
새 신랑	새신랑
새벽 녘	새벽녘
새벽 닭	새벽닭
새신	새 신(새로 산 신발)
설레발 치다	설레발치다
생각외로	생각 외로
소용 없다	소용없다
숲 속	숲속
실감나다	실감 나다
실날 같다	실낱같다
쓸 데 없다	쓸데없다

X	O
안되다	안 되다
안바꿨다	안 바꿨다
알만하다	알 만하다
양국간	양국 간
어처구니 없다	어처구니없다
여러가지	여러 가지
여러곳에서	여러 곳에서

ㅅ

X	O
사고 팔다	사고팔다
사랑 받다	사랑받다

X	O
연매출	연 매출
옛날 이야기	옛날이야기
오래 전	오래전
오랜 만	오랜만
오신것을	오신 것을
오해 받다	오해받다
온 데 간 데 없다	온데간데없다
온 몸	온몸(몸 전체)
온식구	온 식구
옷 다섯벌	옷 다섯 벌
운동회날	운동회 날
월단위로	월 단위로
웃음짓다	웃음 짓다
육개월	육 개월
은연 중에	은연중에
이 참	이참
이달초	이달 초
일 년만에	일 년 만에
있을거야	있을 거야

X	O
전년대비	전년 대비
전상서	전 상서
전세계	전 세계
정 떨어지다	정떨어지다
정해진 바	정해진바
제 1회	제1 회 또는 제1회
좋습니다 그려	좋습니다그려
좋을텐데	좋을 텐데
지구 상	지구상
진행중	진행 중
집에서 처럼	집에서처럼
집한채	집 한 채

X	O
첫 아들	첫아들
첫 인사	첫인사
첫번째	첫 번째
첫째 가는	첫째가는
카나리아 제도	카나리아제도
카네기 홀	카네기홀
카누 경기	카누경기
키값	키 값
터무니 없다	터무니없다

X	O
자리잡을	자리 잡을
잘못 짚다	잘못짚다

X	O
투고 란	투고란
품 속	품속

X	O
회의중	회의 중
흙 냄새	흙냄새

X	O
하고싶은	하고 싶은
하늘 만큼	하늘만큼
하루 빨리	하루빨리
한 달 간	한 달간
한 달치	한 달 치
한 몸	한몸
한밤 중	한밤중
한번도	한 번도
한번쯤	한 번쯤
할 때 마다	할 때마다
할 수 밖에	할 수밖에
할듯 말듯	할 듯 말 듯
할수 있다	할 수 있다
활개치다	활개 치다
해질 녘	해 질 녘
했을뿐 아니라	했을 뿐 아니라
행동등을	행동 등을
형제 간	형제간

기타

X	O
~했는 지	~했는지
10여년	10여 년
20여개	20여 개
3천명	3천 명
500만원	500만 원
5천억원	5천억 원

결국은 문장력이다

2022년 4월 12일 1판 1쇄 발행
2023년 4월 19일 1판 3쇄 발행

지은이 | 후지요시 유타카 · 오가와 마리코
옮긴이 | 양지영
펴낸곳 | **BM** (주)도서출판 **성안당**
주소 | 04032 서울시 마포구 양화로 127 첨단빌딩 3층(출판기획 R&D 센터)
　　　　10881 경기도 파주시 문발로 112 파주 출판 문화도시(제작 및 물류)
전화 | 031)950-6367
팩스 | 031)955-0510
등록 | 1973.2.1. 제406-2005-000046호
출판사 홈페이지 | www.cyber.co.kr
투고 및 문의 | andpage@cyber.co.kr
ISBN | 978-89-315-8608-4 03800
정가 | 15,000원

이 책을 만든 사람들

책임 | 최옥현
기획·편집 | 김수연, 이보람
교정 | 김미경
디자인 | 엘리펀트스위밍
홍보 | 김계향, 유미나, 이준영, 정단비
국제부 | 이선민, 조혜란
마케팅 | 구본철, 차정욱, 오영일, 나진호, 강호묵
마케팅 지원 | 장상범
제작 | 김유석

■도서 A/S 안내

성안당에서 발행하는 모든 도서는 저자와 출판사, 그리고 독자가 함께 만들어 나갑니다.
좋은 책을 펴내기 위해 많은 노력을 기울이고 있습니다. 혹시라도 내용상의 오류나 오탈자 등이 발견되면 "좋은 책은 나라의 보배"로서 우리 모두가 함께 만들어 간다는 마음으로 연락주시기 바랍니다. 수정 보완하여 더 나은 책이 되도록 최선을 다하겠습니다.
성안당은 늘 독자 여러분들의 소중한 의견을 기다리고 있습니다. 좋은 의견을 보내주시는 분께는 성안당 쇼핑몰의 포인트(3,000포인트)를 적립해 드립니다.
잘못 만들어진 책이나 부록 등이 파손된 경우에는 교환해 드립니다.